책과 삶에 관한 짧은 문답

책과 삶에 관한 짧은 문답

박웅현과 함께한 7번의 북토크

박웅현 × 인티N

iiii

◆ 일러두기
북토크 현장에서 저자에 대한 호칭은 다양했으나
이 책에는 일괄적으로 '선생님'으로 통일해두었습니다.

"선생님은 현재를 살기 위해 어떤 노력을 하고 계신가요?"

『문장과 순간』 북토크에서 저자는 '지금, 여기'에 집중하며 살고 싶고, 그러기 위해서 좋아하는 문장들을 머릿속에만 두지 않고 행동으로 옮기겠다는 의지를 이 책에 담았다고 이야기했는데요. 이어지는 질의응답 시간에 한 독자분이 위와 같이 질문했던 것으로 기억합니다. 그 순간 그 자리에 함께 있던 사람들의 눈빛이 반짝였습니다. 저자의 실제 비결(?)이 궁금했기 때문일 겁니다. 저는 저자가 답해준 이야기 중 "몸이 바쁠 때 머릿속이 비워진다. 그래서 몸을 번잡하게, 마음은 평안하게 두려고 한다. 걸을 수 있을 때는 걷고 운동하고 더 움직이려고 한다"라는 이야기에 고개를 끄덕였습니다. 그리고 이곳저곳에서 공감과

동의의 몸짓을 발견했지요.

실제로 북토크 현장에서 독자분들이 해주신 질문은 『문장과 순간』에 관한 것, 책 읽기 관한 고민을 넘어서 저마다 현재 안고 있는 문제들이었습니다. "책 고르기가 어렵습니다." "갈수록 아이와 소통하기가 힘들어요." "MZ 세대를 어떻게 대해야 할지 모르겠어요." "번아웃이 온 것 같습니다." "회사에서 제 의견을 펴기가 어렵습니다." "중년이 더 힘든 것 같습니다." 같은 이야기가 나올 때마다 작은 끄덕임이 물결을 만들었습니다. 각자 다른 삶을 살고 있는 개별적인 사람들이지만 인생이라는 길 위에서 비슷한 지점의 정거장을 거쳐왔고 거쳐가고 있기 때문이었을 겁니다. 결국 한 사람의 물음은 그만의 것이 아니라 모두의 이야기였다고 생각합니다.

그리고 이 같은 물음에 저자는 진심을 담아 답

해주었습니다. 책을 고르는 기준, 책을 어떻게 읽고 있는지, 행복이란 무엇이라고 생각하는지, 서른 무렵 불안했던 시기를 어떻게 버티고 넘어왔는지 등 모든 질문에 최선을 다해 이야기해주었어요. 그 이야기들은 때로 『문장과 순간』과 닿아 있기도 했고 때로는 저자의 경험과 닿아 있기도 했습니다. 그때마다 사람들은 눈을 반짝이며 저자의 말에 귀 기울였고요. 아마도 저자의 답이 인생 선배의 조언이자 위로와 격려처럼 느껴지지 않았나 싶어요.

　　그런데 북토크가 이어지던 어느 날 이런 생각이 들었습니다. '아, 이 이야기를 이대로 흘려보내기는 아쉽다. 이 자리에 함께하지 못한 분들에게도 전하고 싶은 이야기인데.' 그리고 이런 생각이 꼬리를 물었습니다. '북토크 현장의 이야기를 모아보는 것도 의미 있지 않을까?' 대개 북토크에서는 책에 담기지 않은 새로운 이야기가 오가기도 하고 책에 관해 좀 더 깊은 이야기가 오가기도 하니까요.

　사실 이런 생각이 솟을 때마다 정리된 글과 풀어 놓은 말 사이에서 어디쯤이 가장 좋은 지점인지 돌아보게 되는데요. 그러면서도 괜한 부연이 아닌가 하는 염려보다 현장에서 오간 이야기를 공유하고 싶다는 마음이 더 컸습니다. 그래서 결심했습니다. 허공으로 흩어지는 '말'을 붙잡아 '글'로 옮겨보자고요. 이런 이유로 '인티N 북톡' 시리즈를 기획했고, 『책과 삶에 관한 짧은 문답』은 이 시리즈의 첫 번째 책이 되었습니다.

　『책과 삶에 관한 짧은 문답』은 2022년 가을, 『문장과 순간』이 출간된 이후 당인리책발전소, 예스24 강서점·대구 반월당점·부산 수영점 F1963, 최인아 책방, 책방 소리소문에서 진행된 북토크와 책 기부 문화를 만들어가는 '꿈퍼즐쇼'에서 진행된 북토크 내용을 간추려 정리한 책입니다. 그때그때 기록해둔 내용을 바탕으로 같은 맥락의 질문은 하나로 모았고 저자의 답도 다시 한번 정리해보았습니다. 저자의 답변 중 조금 더 설명이 필요한 부분은 저자를 다시 만나 보완해두었습니다. 이 이야기가 가능하게 해주신 독자분들과 저자 박웅현 님께 감사드립니다. 정리를 도와준 이재영 작가님에게도 고맙다는 인사를 남깁니다. 저자와 여러분이 책과 삶에 관해 나눈 짧은 이야기가 북토크 현장에 함께한 분들에게도, 함께하지 못했던 분들에게도 유의미한 말과 글로 남기를 바라봅니다.

— 2023년 봄, 인티N

나이가 들어가며 돌아보는 일이 많아진다.
천천히 웃으면서 대화를 나누었는지
그 사람 말을 잘못 이해한 건 아닌지
내 말이 너무 공격적이었던 건 아닌지.

『문장과 순간』을 출간한 후
일곱 번의 북토크를 진행하며
내가 쓴 글을 한번 돌아볼 수 있었다.
중언부언은 없었는지
생략이 너무 많았던 건 아닌지
내 의도는 전달이 잘 되고 있는 건지.

현장에서 만난 독자들의 표정과 질문은

미진함이 없지 않다는 말을 하고 있었다.

북토크의 내용을 정리해서

책으로 엮어보자는 출판사의 제안에

나도 모르게 고개를 끄덕이고 있었다.

차례

2. 삶, 우리가 묻고 박웅현이 답하다

◆ 목차상 질문은 본래의 것을 간략히 줄여 넣었습니다.

1.

박웅현의 책과 삶,
"문장에서 순간으로 나아가는 삶"

"『문장과 순간』 앞쪽에 쓰인 '몸으로 읽는다',
'의식을 누르고 느낌을 올린다'라는 말은
어떤 의미인가요?"

코로나바이러스 확산으로 '사회적 거리 두기'를
하던 기간에 저도 확진 판정을 받았습니다. 모두가 그
랬듯이 저 역시 격리에 들어갔고 그 기간 동안 온종일
서재에 있었죠. 매일 아침 눈을 뜨면 클래식 채널에
주파수를 맞춰 라디오를 틀었습니다. 책도 읽고 글도
쓰고요. 그런데 어느 날 한 라디오 프로그램 DJ가 오
프닝 멘트로 이런 말을 하더라고요.

"여러분 안녕하세요. 전 세계의 모든 책에서 말

하는 좋은 이야기를 가장 짧게 줄인다면 이 두 단어라고 하더라고요. '지금. 여기.'"

순간 무릎을 쳤습니다. 격하게 동의하게 된 것이죠. 그렇지, 지금 여기를 사는 게 제일 잘 사는 방법이었지. 그동안 읽은 책들이 떠올랐어요. 대부분의 책 속에 담겨 있던 지혜가 바로 '지금. 여기.' 그 네 글자였습니다.

제가 『여덟 단어』를 쓴 이후 『미움받을 용기』 『노자 인문학』 『매달린 절벽에서 손을 뗄 수 있는가』를 읽고 소위 '현타'라는 걸 느낀 적이 있습니다. 그 세 권의 책에서 공통으로 하는 이야기가 '현재에 집중하라'라는 거였어요. 『여덟 단어』에서 저도 했던 이야기였고요. 그때 '내가 뭐 하는 거지' 싶더라고요. 프란츠 카프카가 "책은 도끼다. 얼어붙은 감수성을 깨는 도끼가 되어야 한다. 그렇지 않다면 우리는 도대체 왜 책을 읽고 있는 것이냐"라고 했었죠? 거기에서 나아가 얼어붙은 감수성을 깨는 데서 그치지 말고 옳은 말을 들었으면 옳은 말대로 살아야 합니다. '카르페 디엠, 아모르파티, 메멘토 모리', 모두 제가 자주 하는 이야기인데 '내가 정말 그렇게 살고 있나?' 생각해보면 그렇지 않은 경우가 더 많더라고요.

"5시 40분, 원하는 시간에 정확히 울려준 나의 알람은 나의 보물입니다. 그 알람 소리에 벌떡 일어나 준 나의 몸은 나의 보물입니다."

제가 쓴 문장입니다. 2009년에 출간한 『인문학으로 광고하다』 서문에 있는 내용이죠. 2009년에 이런 문장을 써놨으면서 그 문장이 내 몸속으로 들어와 있지 않다는 걸 얼마 전에 깨달았습니다. 지금도 여전히 새벽 수영을 하고 있는데 새벽 알람 소리가 전혀 축복으로 느껴지지 않는 거죠. 수영장에 가서도 '왜 한 바퀴를 더 돌라고 하지?' 하며 한숨을 쉬었고요. 그러니까 매 순간이 축복이라고 알고 있으나 정말 그렇게 살고 있지는 못했던 겁니다.

그 사실을 라디오 DJ의 말에 다시 생각하게 됐어요. 그래서 내가 왜 현재에 집중하지 못하는 걸까 생각해봤더니 의식이 너무 올라와 있어요. 커피를 마시면서, 새소리를 들으면서, 창밖의 소나무를 보면서 커피를 마시고 있지 않고, 새소리를 듣고 있지 않아요. 소나무를 보고 있지 않아요. 머릿속은 어제 일을 되짚고 있고 일주일 뒤의 미팅을 생각하고 있는 거예요.

'구방심求放心'이라는 말이 있습니다. 잃어버린 마음을 찾는다는 뜻인데 이게 수양의 첫 번째입니다. 집 나간 마음을 데리고 와야 한다는 거예요. "도가 무엇입니까?"라는 질문에 "뜰 앞의 잣나무다"라고 했던 선승의 답과 같습니다. 도가 무엇인지 생각하느라 마음을 다른 곳에 두지 말고 지금 네 눈앞에 있는 앞뜰의 잣나무를 보라는 뜻이었죠. 이걸 하지 못하는 건 의식이 방해하기 때문입니다.

2021년 8월 10일 정오의 순간을 기억합니다. 점심 약속이 있어서 강남대로를 지날 때였는데 문득 깨달음처럼 '의식을 누르고 느낌을 올린다'라는 문장이 떠올랐어요. 내가 어디에 있건 무엇을 하건 그 일, 그 순간에 주목하고 집중하려면 '느낌'을 올리고 '의식'을 내려야만 해요.

예를 들어 지금 산책을 한다고 칩시다. 지금 눈앞의 풍경에 집중하고 싶다면 올곧게 선 겨울 나뭇가지, 구름 낀 파란 하늘, 새들의 날갯짓, 묵직한 바람소리를 느끼면 됩니다. 그런데 그 앞에서 어제 회사에서 잘못한 일, 내일 정리해야 할 것들, 풀지 못한 관계, 이런저런 약속 같은 것들을 의식하면 눈앞의 것들이 다 떠나버려요. 그러니까 느낌을 올린다는 건, 나를 감싸는 바람, 지나가는 새소리, 향기, 모든 것을 감각하는 겁니다. 몸속으로 집어넣는 거예요. 『그리스인 조르바』를 쓴 니코스 카잔차키스처럼요. 그처럼 온몸이 촉수인 사람으로 살려면 의식이 아니라 느낌을 올려야 하는 겁니다.

제 인생에도 어떤 한순간에 온전히 머물렀던, 감각만이 살아 있던 경험이 많지는 않지만 몇 번은 있습니다. 책을 통해 '현재에 집중하는 것'을 생각하게 된 마흔 즈음 이후 다섯 번 정도였어요. 이제는 그런 순간을 더 늘리고 싶고 매 순간을 그렇게 살았으면 좋겠습니다. 그런 의미에서 『문장과 순간』에 쓴 '몸으로 읽는다'라는 말은 제가 책 속에서 발견한 좋은 문장들, 깨달은 바를 몸으로, 머리가 아닌 몸으로 실천하며 살고 싶다는 바람이자, 그렇게 살겠다는 의지를 담은 말이었습니다. '의식을 누르고 느낌을 올린다'라는 문장은 그 첫 번째 방법이 될 겁니다. 다시 출발선에 선 느낌입니다.

**"선생님은 현재를 살기 위해
어떤 노력을 하시나요?"**

우선 충만한 순간을 만났을 때 그 순간을 자각하고 잊지 않으려고 애씁니다. 찬란하게 남아 있는 순간들을 잘 기억해 모아둡니다. 지금도 명확히 기억나는 순간이 있습니다. 2012년 광고제 때문에 프랑스 칸에 방문했을 때였는데 모든 일정이 끝난 다음 날이었어요. 일도 잘 끝났고 한국에 있는 가족들의 안부도 확인했고, 걱정거리 하나 없는 하루였죠. 오전 11시쯤 바다가 보이는 언덕 위의 공원에 갔는데 바닷바람이 불어오고 갈매기들이 번갈아 제 앞을 지나다녔습니다. 벤치에 앉아 그 풍경 안에서 가만히 숨을 쉬는데 그 자체로 완벽한 겁니다. 티끌만큼도 더 원하는 게 없었어요. 마치 내가 붕 뜨는 것 같기까지 했고요. 말 그대로 머리는 비우고 완벽히 그 순간을 감각하고 체험한 겁니다. 의식은 사라지고 느낌만 남은 것이죠.

그런 경험을 하고 나니 다시 또 그런 순간을 맛보고 싶어졌어요. 하지만 인생에 그런 조건이 딱 맞아떨어지는 게 어디 쉬운 일인가요? 시간과 장소를 비롯한 여러 조건이 완벽히 갖춰져야만 그런 쾌감을 느낄 수 있다면 우리 생애에 몇 번이나 가능하겠어요. 그러니 조건을 바꾸기보다 일상에서 그런 순간을 경험할 수 있도록 노력할 수밖에요.

방법을 고민하다가 명상과 관련한 책을 여러 권 읽었어요. 모든 책에서 말하길, 생각을 없애라고 하더라고요. 명상 수련의 시작이 가장 편안한 자세로 앉아 눈을 감고 아무 생각도 하지 않는 건데 정말 어려웠습니다. 3초 만에 생각이 막 올라오니까요. 그런데 책에는 또 이렇게 쓰여 있어요. '생각을 없애는 건 쉽지 않은 일이다.' 당연한 일이니 당황하지 말고 이번에는 숨에 주목하라며 방법을 알려줍니다. 들숨, 날숨에 집중하라고요. 시키는 대로 열심히 했죠. 그런데 네 번쯤 호흡하고 나면 생각이 또 올라와요.

이거 어쩌나 하는데 이번에는 이런 방법을 가르쳐줍니다. 1분 동안 컵이나 펜같이 눈앞에 있는 사물과 대화한다고 생각하며 바라보라고요. 그래서 빈 물병이랑 대화를 많이 나눴습니다. 1분 동안 그윽하게 바라보기도 했고요. (웃음) 하지만 역시 20, 30초 지나면 또 다른 생각이 솟습니다. 그런데 그다음 장에 '실패하겠지만 계속하다 보면 지속되는 시간이 는다'라는 이야기가 있었습니다. 즉, 꾸준히 연습하다 보면 의식이 사라지는 시간이 3초에서 10초로 늘어나고, 30초가 되고 1분이 될 거라는 말입니다. 쉽지 않지만 하다 보면 정말 조금씩 무념무상의 시간이 늘어납니다.

또 한 가지 노력은 가능한 한 몸을 많이 움직이려고 합니다. 50대 중반에 깨달은 것인데 어느 날 제 스스로를 돌아보니 몸은 소파에 붙이고 넷플릭스를 보면서 머릿속은 여러 가지 생각으로 시끄럽더라고요. 그 이후 반대로 해야겠다고 마음먹었습니다. 아마 대부분 동의하실 텐데 몸을 바쁘게 움직일 때 오히려 머릿속이 비워집니다. 그래서 가능한 한 몸은 번잡하게 하고 마음은 평안하게 두려고 해요. 걸을 수 있는 거리는 걷고, 쉬는 날에도 가만히 있기보다 운동을 하거나 움직이려고 하고요.

쉽지 않습니다. 하지만 분명히 그렇게 노력하다 보면 일상에서도 쾌감의 시간이 늘어날 것이라고 믿습니다. 시간과 장소, 여건 등 완벽한 조건이 갖춰져야만 느낄 수 있는 것이 초급자의 단계라면, 길을 걷다가도 그런 쾌감의 순간을 만날 수 있는 것이 고급자의 수준일 겁니다. 초급자 단계를 벗어나 고급자의 단계로 나아가고 싶어요.

수처작주 입처개진隨處作主 立處皆眞이라 했습니다. 어느 곳이든 이르는 곳마다 주인이 되면 머무는 곳마다 모두 참되다는 뜻입니다. 저 역시 그 방향을 향해서 어렵지만 계속 노력하고 있습니다.

"앞서 말씀하신 이야기는
'행복'과 연결되는 것 같습니다.
행복이 무엇이라고 보십니까?
선생님은 조금 더 행복해지셨나요?"

제가 자주 하는 말인데 저를 불행하게 만들기는 쉽지 않을 거예요. 저에게 행복은 어떤 조건이 아니라 삶의 태도의 문제거든요. 사실 조심스럽긴 합니다. 각자의 사회적 조건이 다르고 행복의 기준이 다를 테니 '행복은 삶의 태도'라고 함부로 말하면 안 된다고 생각해요. 누군가에게는 이 말이 사치로 들릴 수 있으니까요. 하지만 조심스럽게 제 생각을 이어 말하면, 저는 행복이란 삶의 태도가 되어야 한다고 믿고 있고 그렇게 살려고 노력하고 있습니다. 그래서 저는 어떤 상황이 되었든지 간에 거기에서 행복을 찾습니다. 선택했다면 돌아보지 않으려고 해요. 지금 나의 상황에서 내가 가지고 있는 것에 주목하려고 합니다. 극적인 희열을 추구하기보다 좋은 상태인 '쾌快'를 유지하려고 하죠. 그렇게 생각하면 때로는 숨을 쉬는 것만으로도, 산책하는 것만으로 행복합니다.

아하 점, 아하 선 이야기가 생각납니다. 어느 조찬 모임에서 진행된 용타 스님의 강연에서 들은 이야기입니다. 여기서 '아하'는 감탄사입니다. 좋을 때 터져 나오는 "아하!"인 것이죠. 내용을 옮기면 이렇습니다. 칠판에 x축과 y축을 그려놓고 x축에는 월요일부터 일요일까지를 표시합니다. y축에는 좋음의 정도를 표시하는데, 아주 좋았던 순간은 제일 높은 데 표시하고 조금 좋았던 순간은 아래쪽에 표시합니다. 그다음 일주일 동안의 삶을 돌아보는 겁니다. 그래프에는 여러 점이 찍히겠죠? 연봉이 오른 일, 여자친구와의 첫 키스, 유난히 맛있었던 식사, 가족들과 즐거웠던 순간 등이요. 다만 그 모든 점이 찍히는 높낮이는 다 다를 거고요.

여기에서 중요한 건 그다음, '아하의 기준'을 어

떻게 두는가에 있습니다. 예를 들어 y축, 좋음의 기준이 1부터 5까지 있다고 칩시다. 누군가는 '3점 이상'되는 일이 아하의 순간일 수 있습니다. 이를 테면 4점에 찍어둔 연봉이 두 배가 된 일이거나 5점에 찍어둔 여자친구와의 첫 키스라거나요. 즉 그 정도의 일이 아니라면 좋았지만 아하의 순간은 아니라는 겁니다. 어제 먹은 된장찌개는 맛있었지만 1점에 찍어놨고 이건 "아하!" 하고 감탄할 정도는 아니라는 거죠.

하지만 만일 '아하의 기준'이 1인 사람이라면 어떨까요? 된장찌개를 먹은 것도 '아하의 순간'이 될 거예요. 그렇다면 아하 점과 아하 선의 기준을 0으로 맞추면 어떻겠어요? 아침에 눈을 뜨는 그 순간부터 "아하!"가 터져 나오겠죠. "오, 잠에서 깼네? 다시 새로운 하루를 살 수 있어!" "오늘은 허리가 아프지 않네?" 이런 순간만으로도 "아하!"인 겁니다.

『문장과 순간』에도 썼지만 광고 촬영으로 에베레스트에 간 일을 종종 이야기하곤 했었습니다. 그때 고산병이 와서 무척 고생했다고요. 산에서 포카라로 내려온 뒤에 그제야 숨이 편하게 쉬어졌고 숨 쉬는 게 그토록 행복한 일이라는 걸 깨달았다고 말입니다. 평소에 의식조차 하지 않았던 숨 쉬는 일인데 말이죠.

아하 점, 아하 선이 0에 맞춰져 있는 사람은 매일 산소를 달게 마시는 사람일 겁니다. 이 사실을 자주 기억하려고 해요. 책에 쓴 것처럼 남은 생애 동안 산소를 달게 마시는 사람이 되고 싶어요. 그러기 위해서 아하 점, 아하 선을 0에 맞추려고 노력합니다. 그렇게 "아하!" 하고 감탄하는 순간을 늘리고 싶어요. 일상에서 그런 순간이 늘어나는 것이 행복할 수 있는 방법이라고 생각해요.

"욕망을 부추기는 사회 분위기 속에서
행복하기는 어렵지 않은가요?"

욕망이라고 말씀하셨는데, 그 점에 있어서는 '욕망'이 아니라 '망상'이라는 말이 더 맞을 것 같습니다.

> 망상 : 이치에 맞지 아니한 망령된(정상을 벗어난)
>
> 　　　생각을 함. 또는 그 생각.
>
> 욕망 : 부족을 느껴 무엇을 가지거나 누리고자 탐함.
>
> 　　　또는 그런 마음.

욕망이라는 건 내가 가지지 못한 어떤 다른 조

건을 상상하고 바라는 것인데, 사람들이 욕망이라고 부르며 좇는 대부분을 잘 들여다보면 아예 불가능한 것인 경우가 많아요. 프란츠 카프카의 『변신』에서 그레고르는 잠에서 깨어나니 곤충이 되어 있었고 아버지가 던진 사과에 맞고 옴짝달싹하지 못하는데요. 마치 못 박힌 것처럼요. 인정하기 싫지만 우리 삶의 조건들도 그처럼 못 박힌 것이 있죠. '내 부모가 저 사람들이라면, 내 자식이 저 집 아이와 같다면, 내가 열 살만 어리다면, 내가 유럽에서 태어났다면, 그때 내가 그 선택을 하지 않았더라면' 같은 생각들입니다. 이런 생각이 이치에 맞지 않는 생각, '망상'입니다. 내가 태어난 곳, 부모, 나이 같은 것은 절대 바꿀 수 없는 것들이죠. 이처럼 내가 손댈 수 없는 것은 생각하지 마세요. 과거의 실수도 마찬가지입니다. 그것은 지나간 겁니다. 바꿀 수 없는 것에 집착하느라 마음이 집에 돌아오지 못해요.

언젠가 기존과 기성에 대해 말한 적 있습니다. 1부터 10을 봤을 때 9까지는 '기존既存'이에요. 내가 어떻게 할 수 없는 불변의 것이죠. 못 박힌 것들입니다. 그리고 1이 남아요. 그 1을 다시 10으로 나눴을 때 9

가 '기성既成', 이미 이뤄진 것들입니다. 이 역시 못 박힌 것들이죠. 그러니까 내가 통제할 수 있는 건 그 1의 10분의 1, 아주 콩알만큼이고, 이것을 '미성未成'이라고 합니다. 아직 이루어지지 않은 것이고 우리가 신경 써야 하는 것은 이것입니다.

> 희망 : 어떤 일을 이루거나 하기를 바람.
> 앞으로 잘될 수 있는 가능성.

그러니까 지금의 삶의 조건을 좀 더 나은 방향으로 만들고 싶다는 생각은 이 '미성'에 속하는 부분일 겁니다. 이때의 욕망은 망상이 아닌 '희망'과 닿아 있어요. '저 대학에 가고 싶다, 저 회사에 가고 싶다, 저 직업을 갖고 싶다'라는 바람 자체는 욕망일 수 있지만 여기에 '노력'이 더해지면 '희망'이 됩니다. 그러나 노력 없이 이 같은 바람이 실현되기를 원한다면 그건 '망상'입니다. 이걸 구분할 수 있어야 합니다.

알랭 드 보통은 "쾌락의 가장 큰 장애물은 망상"이라고 했습니다. 지금을 욕망의 시대라고 하는 것은 맞지 않다고 생각합니다. 망상의 시대라는 말이 더 어울린다고 봐요. 욕망과 망상, 희망을 구분하고 그 사이에서 길을 찾아야 해요. 망상에 가까운 욕망을 내려놓고 희망으로 나아갈 필요가 있습니다.

◆ 이 글에 실린 '욕망' '망상' '희망'의 사전적 의미는 '국립국어원 표준국어대사전'을 참고한 것입니다.

좋아하는 것을 가지는 삶,

가진 것을 좋아하는 삶

"'좋아하는 것을 가지는 삶에서

가진 것을 좋아하는 삶으로'라는 말은

성공했기에 할 수 있는 말이지 않나요?"

'가진 것' '좋아하는 것'이 단순히 물질적인 것을 의미하진 않습니다. 좋아하는 것을 가지기 위한 노력을 하지 말란 뜻도 아닙니다. 그러니까 내 조건을 더 좋게 만들고, 더 좋은 곳으로 가려는 노력은 늘 있어야 하죠. 그게 발전이고 저 역시 그러려고 노력합니다. 단지 이미 내가 가진 것을 고마워하면서 사는 것과 가진 것조차 잊고 사는 건 다르다는 의미입니다.

한동안 고민이 있어서 통 잠을 못 이뤘어요. 여러분도 그런 경험 있을 텐데요. 잠을 못 잘 때는 잠이 왔으면 좋겠죠. 하지만 얼른 자야 내일 일에 지장이 없을 텐데 하는 마음에 불안해서 더 잠이 오지 않아요. 저도 한번은 양을 세면서 눈을 질끈 감았어요. 그러다가 내게 오지 않는 잠에 매달릴 게 아니라 지금 내가 가지고 있는 것을 생각해보자 싶었습니다.

　　일단 내가 편안히 누워 있더라고요. 어머니께서 병원에 입원해 계실 때 보호자로 병실에서 밤을 보낸 적이 있습니다. 보호자 침대에 누워 있다 보면 잠을 깨우는 기척이 계속 있어요. 한밤중이고 새벽이고 때를 가리지 않고 간호사분이 와서 수액을 조절하고 환자 상태를 체크하느라 커튼이 수시로 열려요. 옆 침대 환자의 신음도 들리고 보호자 침대가 불편한 건 물론이고요. 그런데 지금 내 방은 적당한 온도와 습도이고 나는 편안한 침대에 누워 푹신한 이불을 덮고 있죠. 당장 일어나 일을 해야 하는 것도 아니고 누구도 갑자기 방문을 열고 들어오지 않아요. 다른 소음이 있는 것도 아니고요. 제 몸도 치명적인 통증 없이 편안해요. 그렇게 그 순간 내게 없는 잠보다 내가 가지고 있는 것들을 생각하니 마음이 점차 편안해지더라고요.

　　그렇게 보면 이런 상황은 언제 어디에나 있는

것 같습니다. 찌개백반을 먹으면서 캐비어가 올라간 랍스터를 먹고 싶어 하는 건 제가 생각하는 좋은 삶의 태도가 아닙니다. 지금 내가 먹고 있는 이 찌개백반을 가장 맛있게 먹는 것, 이것이 행복의 시작이라고 생각해요. 친구가 들고 있는 신형 휴대폰이 갖고 싶을 수 있지만 내 휴대폰이 구형이라고 해서 친구의 신형 폰보다 모든 게 안 좋다고 할 수 있을까요? 내게 익숙한 버튼, 사용 방식, 무게나 휴대성 등 좋은 점이 분명히 있어요. 이렇게 시작하면 이야기가 끝도 없을 거예요. 내가 이미 가지고 있어서 당연하게 여기는 것을 잘 들여다보고 좋아해보면 삶을 바라보는 시선이 달라질 겁니다.

> "『문장과 순간』속 '정결한 고독,
> 티 없는 희열, 산뜻한 낙화',
> 이 세 표현에 담긴 의미가 무엇인가요?"

'정결한 고독'은 이해인 수녀님의 시에 있는 말이고, '티 없는 희열'은 김화영 선생의 표현입니다. '산뜻한 낙화'는 법정 스님께서 하신 말이에요. 저는 이 세 가지가 인생에 굉장히 중요한 단어의 조합이라고 생각합니다.

'정결한 고독'을 먼저 얘기해볼까요? 다른 사람의 인정과 사랑을 받는 것은 고맙고 좋은 일이지만 그런 것은 언제든 사라질 수 있어요. 정결한 고독은 그런 가능성을 늘 생각하자는 뜻에서 제 마음에 담은 말입니다. 고독을 기본값으로 삼아야 한다고 생각했습니다. 예를 들어 많은 사람이 SNS에서 '좋아요'나 '하트' 같은 걸 받고 싶어 하죠. 내가 올린 콘텐츠에 '좋아요'가 100개였는데 200개가 되면 좋지만, '좋아요'가 하나도 없을 수도 있어요. 그럴 때 상대적 박탈감을 느끼면서 불행하다고 느낄 거예요. 하지만 하트가 0인 것을 기본으로 두고 반응이 좋을 때를 특별한 경우라고 생각한다면 하트 개수에 일희일비하지 않을 수 있겠죠.

비슷합니다. '나'라는 사람의 기본값을 '나 하나', 1로 놓자는 거예요. 어쩌다 2가 되고 10이 되고 100이 되면 신나는 일이겠지만 그건 아주 특별한 것, 예외라고 생각하자는 겁니다.

저는 여전히 꽤 바쁜 삶을 살고 있습니다. 매일 회사에 출근하고 보고도 받고 회의도 하고 미팅도 잦습니다. 그런데 어느 날은 누구와도 마주치거나 대화할 일이 없기도 합니다. 보고받을 일도 없고 미팅도 약속도 없고 제가 참석해야 하는 회의도 없는 날인 거죠. 그런 때 괜히 제 사무실 밖으로 나가 후배들에게 먼저 말을 붙여도 되지만 그러지 않아요. 제 방에서 제가 좋아하는 책을 읽거나 개인적인 일을 하면서 오롯한 시간을 보냅니다.

앞으로도 세상과 꾸준히 교류하려고 노력하겠지만 제 의지와 달리 삶은 어느 순간 나를 혼자 남겨둘지도 모릅니다. 살면서 정신적, 육체적으로 분명히 고독한 순간이 올 겁니다. 그 순간을 정결하게 맞느냐 아니냐는 자기 자신에게 달렸어요. 그러니 '정결한 고독'이란 내 척추 하나로 제대로 서 있는 것에서부터 생을 시작하자는 이야기입니다.

'티없는 희열'도 인생에서 중요한 표현입니다. 우리는 다른 생각을 하느라 지금 이 순간의 희열을 느끼지 못해요. 맑고 깨끗한 물을 마시면서 이게 맥주면 얼마나 좋을까, 하며 그 맑은 물을 온전히 즐기지 못해요. 거울에 비친 주름진 얼굴을 보면서 내가 스무살이면 진짜 좋을 텐데, 하며 한숨 쉬죠. 희열과 망상을 맞바꾸는 겁니다. 10년 후엔 분명 지금의 나를 그리워할 텐데요.

언젠가 문득 떠오른 문장이 있어서 적어뒀습니다. "사는 게 무엇이냐,라는 물음에 대한 답. 숨 쉬는 게 사는 거다." 지금 숨 쉬는 게 희열이에요. 가만히 느껴보니 사는 게 숨 쉬는 것이더라고요. 뒤늦게 한글을 배운 할머니들이 쓴 시에 "걸어 다니는 게 행복이다"라는 문장이 있었어요. 숨을 쉬면서, 물을 마시면서, 걷는 것만으로도 행복한 일입니다. 지금 이 순간은 티없는 희열로 가득 차야 합니다.

'산뜻한 낙화'는 간단합니다. 『문장과 순간』 마지막에 캔 윌버의 『무경계』 중 한 구절을 실었는데요. 늙은 고양이는 죽음을 앞둔 순간에 숲속 나무 밑에 들어가 조용히 죽음을 맞고, 병든 울새는 나뭇가지에 앉아 황혼을 바라보다 조용히 눈을 감고 땅에 떨어진다는 내용의 글이었어요. '조용히 눈을 감고 땅에 떨어진다'라는 것, 이것이었습니다. 그냥 툭 떨어지는.

아주 좋은 풍경 속에서 책을 읽다가 혹은 사유하다가 시간이 멈췄으면 하는 순간에 그냥 그대로 툭 끝나도 좋겠다는 생각이 들기도 해요. 꿈에 그리는 죽음은 이런 것이었으면 좋겠다 싶습니다. 제가 죽음을 맞을 때 이런 자세이고 싶어요. '산뜻한 낙화'라는 말은 그런 마음을 담기도 했고, 산뜻하게 낙화하기 위해 사는 동안 어떻게 피어나야 하는지 고민하게 해주는 말이기도 해서 새겨두는 표현이기도 합니다.

"다양한 미디어가 쏟아지고 책은 점점
뒷전이 되어가는 것 같습니다.
이런 현상, '책을 읽지 않는 시대'라는
의견을 어떻게 보시나요?"

얼마 전 한 출판 관계자가 지적 허영조차 사라진 것 같다고 이야기하더군요. 저는 그 말에 동의할 수 없었습니다. 책에 대한 관심은 줄어들었지만 앎에 대한, 문화에 관한 관심은 줄지 않았어요. 팬데믹 시기에도 크고 작은 전시들이 성황을 이뤘죠. 어떤 작가의 사진전은 줄을 서서 들어가야 했고요. 사람들은 가서 보고 즐기고 공유하고 싶어해요. 이런 전시를 보고 왔다고, 이런 것을 경험했다고 알리고 싶어 하죠. 이런 현상을 보면 문화라는 것, 예술이라는 것, 교

감하고 공감하고 알아가는 것에 대한 갈증은 분명히 있다고 봅니다. 사람들에게 내보이고 싶은 열망도 있고요. 다만 그 형식이나 대상이 책이 아니었던 것뿐입니다.

이런 현상을 지켜보면서 생각했어요. 이쪽으로 오세요, 이게 정말 좋아요, 하고 부르기만 할 것이 아니라 사람들이 원하는 방식으로 다가서야 한다고요. 이것이 『문장과 순간』을 조금 다른 형식으로 출간한 이유이기도 했습니다. 글의 양을 많이 줄였고 SNS나 온라인상에서 주로 볼 수 있는 카드 뉴스처럼 눈에 담기 쉽게 만들었어요. 좋은 문화와 앎에 목말라 하는 사람들에게 좋은 문장을 기존과는 다른 방식으로 소개하고 싶었죠. 내가 읽은 문장이 어떻게 내 삶에 영향을 미쳤는지, 나는 또 그 힘으로 어떤 문장들을 썼는지도요. 하지만 그런 의도가 잘 전달됐는지는 모르겠어요. (웃음)

어쨌든 더는 책을 읽지 않는 시대라고 하지만 읽는 사람들은 계속해서 존재할 겁니다. 공급하는 사람들이 좀 더 친절하게, 사람들이 다시 책에 다가오도록 설득하기만 한다면 그럴 거라고 생각해요. 다만 접근 방식은 예전과는 달라져야 하지 않을까 싶고요. 책이 재미없고 부담스럽게 느껴지는 분들이라면 어렵게 생각하지 말고 일단 어떤 책이든 펼쳐보시라고 말씀드리고 싶어요. 읽는 것이 주는 충만함에 빠지실 겁니다.

"갈수록 어떤 책을 읽어야 할지 모르겠습니다.
책을 선택하는 것도 어려워요.
책을 고르는 선생님만의 기준이 있나요?"

제 첫 번째 기준은 '자존'입니다. 지금까지 베스트셀러나 권장도서를 좇으며 읽지 않았어요. 좋아하는 사람들, 존경하는 사람들의 추천이나 좋아하는 작가의 책이 안내하는 책들로 나가면서 지평을 넓혔죠. 혹은 흥미로운 주제가 생기면 그와 관련한 책을 찾아 읽기도 하고 예전에 읽었던 책을 다시 읽기도 합니다. 나이가 들면서는 아직 열리지 않은 '고전'을 하나씩 '도장 깨기'하고 있어요. 요즘은 여러 번 읽으려고 시도했다가 중도에 덮어두었던 세르반테스의 『돈키호테』

를 읽고 있는데 다 읽고 나면 니코스 카잔차키스의
『스페인 기행』을 다시 읽어보려고 해요. 그 책에 『돈
키호테』와 관련한 이야기가 꽤 많았거든요. 다시 보면
아마 처음 읽었을 때보다 보이는 게 많을 겁니다. 얼마
전에는 그토록 열리지 않던 소설가 '제임스 조이스'가
열려서 무척 기쁘기도 했고요.

　　책 선택에 대해 조금 덧붙이면 가끔은 지인에
게 선물을 받기도 합니다. 그냥 아는 사람이 아니라
제 취향이나 성향을 아는 사람들이죠. 이 사람들이
"이 책은 좋아하실 것 같아요"라면서 선물해주는 책
은 좀 다릅니다. 여러 곳에서 언급했던 『어떤 양형 이
유』는 그렇게 선물 받은 책이었고 재미있게 읽은 『물
고기는 존재하지 않는다』도 추천받은 책이었어요.

　　그래서 저도 잘 모르는 사람에게 책 선물을 하
진 않아요. 책만큼 좋은 선물도 없지만 책만큼 예민하
게 취향을 타는 선물도 없거든요. 후배나 딸과 대화
를 하다가 떠오르는 책이 있다면 주문해서 선물하기
도 하는데 잘 모르는 사람에게는 밥 한 끼가 훨씬 편
안한 선물일 거라고 생각해요.

**"'책이 열린다'라는 말씀을 하셨는데
그 의미가 무엇인가요?"**

니코스 카잔차키스의 『스페인 기행』「세비야」 글 속에는 이런 이야기가 있습니다. 카잔차키스가 이른 아침 세비야의 알카사르 궁 밖에 앉아서 아침 풍경을 감상하고 있을 때였어요. 하얀 비둘기 떼가 날아와 그의 머리 위에서 흩어졌는데 그 순간 카잔차키스는 스피노자의 말이 떠올랐다고 해요. 그런데 그 스피노자의 말을 북부의 우울한 도시에서 읽었을 때는 감동스럽지 않았는데 세비야에서는 다르게 느낀 거예요. 그 글의 활자가 별안간 종이에서 떨어져 나와서,

방금 전 머리 위로 흩어진 비둘기처럼 날아오르면서 '생명력'을 갖기 시작했다고 말해요. 참 좋죠. 이 부분을 읽으면서 밑줄을 쳤어요. 카잔차키스가 한 말의 의미를 알거든요. 저는 이 느낌을 "누워 있는 글자가 벌떡 일어난다"라고 표현합니다.

책이 열리면 그 책 페이지에 가만히 놓인 글자가 벌떡벌떡 일어나는 느낌을 받습니다. 제임스 조이스의 책들은 그전에 네다섯 번을 읽었지만 그때는 '흰 종이 위에 검은 글씨'로 이해하고 넘겼어요. 그런데 어느 순간 글자들이 벌떡 일어났어요. 50대가 되어서야 문장 속 단어의 뜻이 확 들어왔습니다. 그제야 제임스 조이스가 글 속에 숨겨 놓은 장치들을 찾아낼 수 있었죠. 그 안에서 카프카를, 카뮈를 발견하기도 했고요. 실제로 제임스 조이스는 이런 말을 하기도 했습니다. "나는 내 책에 수많은 장치를 숨겨놨기 때문에 평론가들은 내 책을 무시할 수 없을 것이다." 그가 숨겨 놓은 수많은 장치들이 보일 때의 짜릿함은 이루 말할 수 없습니다.

또 다른 예를 들어볼게요. 장 폴 사르트르가 알베르 카뮈의 『이방인』에 대해서 "그(카뮈)의 문장들은 서로 의지하지 않는다"라고 말했는데, 처음엔 그 말의 의미를 이해하지 못했어요. 그런데 카뮈의 소설들을 읽어보니 어느 순간 책이 열리면서 사르트르의 말이 무슨 의미인지 명확히 알겠더라고요. 접속사 없이 자작나무처럼 각자 서 있는 문장들이 보이기 시작했거든요. 그런 것들을 깨닫게 될 때, 알게 될 때 '책이 열린다'라는 느낌을 받습니다.

책 속의 문장은 어느 순간에 열립니다. 그런 문장들이 쭉 연결되면 책 전체가 열리는 것이고요. 예를 들어 어떤 책에 열어야 할 것이 70개인데 다섯 개만 열린 것도 있을 겁니다. 물론 그 책을 읽는 나는 책에 숨겨진 장치를 몇 개나 열어야 하는지 모르죠. 한 번에 다 열리지도 않습니다. 나보다 눈 밝은 사람에게는 한꺼번에 더 많이 열렸을 수도 있어요. 하지만 그걸 남과 비교할 필요는 없어요. 저도 열리지 않는 걸 열릴 때까지 읽지는 않습니다.

어떤 사람들은 '다 읽은 책 목록'을 늘리는 걸 목표로 삼기도 하는데요. 저는 다 읽은 것, 많이 읽는 것보다 한 권을 읽더라도 그 책과 깊이 만나보는 게 중요하다고 생각합니다. 여러분도 한 번쯤은 여러 권의

책을 읽는 것보다 책 한 권이 열리는 경험을 해보시면

좋겠어요.

"책을 읽다가 끝까지 다 읽지 못하면
괜한 부담이 됩니다. 그렇게 쌓이는 책이
많아지면 책과 더 멀어지는 것 같고요.
선생님도 그럴 때가 있나요?"

이런 고민을 하는 분들이 꽤 많습니다. 먼저 말
씀드리자면 저도 읽다가 덮어두는 책들이 있습니다.
앞에서도 언급했지만 『돈키호테』도 지금은 재미있게
읽고 있지만 전에는 끝까지 가지 못했어요. '제임스 조
이스'도 마찬가지였습니다. 최근에야 『더블린 사람들』
『젊은 예술가의 초상』의 제임스 조이스가 열렸고 무
척 기뻤습니다.

책은 즐거움의 대상이지 숙제의 대상이 아닙니
다. 그렇게 되는 걸 제일 먼저 경계합니다. 책은 작가

의 권위가 있어서 읽는 나의 권위와 충돌합니다. 즉 책과 나의 만남은 권위와 권위의 만남이에요. 이를테면 박웅현이라는 권위와 괴테라는 권위가 만나는 거죠. 한쪽에 짓눌리지 않고 두 권위가 나란히 가야 해요. 그렇지 않고 책의 힘이 너무 세서 박웅현의 권위가 인정되지 않으면 의미가 없어요. 이걸 해야 합니다. 괴테라는 권위는 이미 세상의 인정을 받았죠. 그러니까 걱정하지 말고 내 권위를 인정하세요. 백 명이 맛있게 먹은 음식이라도 내가 맛없으면 그만인 겁니다. 다만 지금은 아니어도 그 요리가 맛있게 느껴지는 날이 올 수 있어요. 그 요리는 그때 즐기면 됩니다.

한편으로 저는 새벽에 수영하고 출근한 아침에 컨디션이 좋은데요. 그럴 때 시간이 나서 책을 읽으면 엄청 열려요. 그렇지 않고 하필 머리가 맑지 않을 때 읽는다면 넘어가는 거죠. 한창 출장을 다닐 때는 평소에 어렵다고 느꼈던 책을 챙겨 가지고 가서 비행기에서 읽었어요. 그때 진짜 많이 열리거든요. 탑승 후 30분쯤 뒤에 고도가 올라가고, 술을 한잔 부탁해서 천천히 마시면서 집중하면 잘 닿지 않던 책도 글자들이 난리가 나곤 했어요. 비행기 안에서는 아무 일 없이 기다리는 시간을 보내잖아요. 걱정도 없고 마음도 편안하고요. 물론 그래도 안 열리는 때도 있지만 그런 때는 어쩔 수 없어요.

많이 읽어야 한다는 강박에서 벗어나세요. 몇 권을 읽었는지 숫자로 지성을 뽐내는 건 딱히 멋있지 않다고 생각해요. '나'로서 책을 읽어야 합니다. 아무리 전 세계 사람이 대단하다고 한 책도 나하고 닿지 않으면 끝인 거예요. 그건 그저 종잇장에 불과합니다. 그래서 어떤 책을 읽다가 덮었다면 그것은 그저 그때 그 책과 내가 닿지 않은 것일 뿐입니다. 책을 읽다가 덮는 것에 대해 죄책감이나 부담을 느끼지 않아도 됩니다. 그러니 조금은 가벼운 마음으로 어떤 책이든 펼쳐보시기 바랍니다.

2.

삶,
우리가 묻고 박웅현이 답하다

"재테크의 시대에 불안해져서 투자,
재테크 관련 서적들을 읽지만 그런 것은
잘 와닿지도 않고 잘할 수도 없을 것 같아요.
과연 돈과 행복은 등가교환이 되는 걸까요?"

이건 아주 분명한 사실인데요. 돈은 필요조건
은 될 수 있지만 충분조건은 될 수 없습니다. 현대사
회에서 돈을 추구하는 게 이상하거나 나쁜 일이 아닙
니다. 그러나 돈을 좇는다고 해서 돈이 내게 오지 않
습니다. 만약 내가 우동을 잘 끓이고, 사람들이 내 우
동을 진짜 좋아한다고 칩시다. 나에게 맛있는 우동을
만드는 비결이 있어서 하루에 6시간 정도 일하면 먹
고살 수 있어요. 그런데 자꾸 다른 걸 좇는다면, '우동
만드는 대신 주식 투자를 해볼까? 부동산이나 경매

쪽을 알아볼까?' 이러면 어떻게 될까요?

제가 사회 초년생이던 80년대 후반, 90년대 초반 증권시장이 확 폈었습니다. 그때는 증권사마다 객장이 있고 거기에 가면 전광판이 있었어요. 점심시간이 되면 선배들이 싹 없어져요. 다 증권사에 가 있는 거예요. 컴퓨터가 보급되고 인터넷이 시작된 뒤에는 시세를 컴퓨터로 볼 수 있게 됐죠. 그러자 모니터로 증권정보를 들여다보는 사람이 10명 중 6명 정도였습니다. 팀장들이 지나가다 일 안 하냐고 묻기도 하고, 어떤 팀장은 언제 샀냐, 팔았냐 하면서 사람들과 정보를 교환하기도 했죠.

당시에 제 주변 사람들도 이야기했습니다. 너도 주식 해야 하지 않느냐고요. 주변에 주식 해서 돈 벌었다는 사람들 이야기가 꽤 있었으니까요. 그때 제가 그 사람들에게 했던 말이, "내가 아무리 주식을 공부해서 사고판다고 여의도 증권가 사람들을 이길 수 있을까? 내가 정보를 찾아본다고 해서 그 사람들보다, 신문사 사람들보다 빠를 수 있을까? 내가 경제학을 전공하지 않았고 경영학을 전공한 것도 아닌데 숫자를 그렇게 잘 볼 수 있겠어? 그건 말이 안 되는 게

임인 것 같아. 나는 그 사람들보다는 글을 잘 쓰니까 글 쓰는 걸로 돈을 버는 거잖아. 주식으로 돈 버는 것은 잘 모르지만 카피 쓰는 일은 잘할 수 있을 것 같아. 그러니까 이 일을 잘하는 게 나아"라고 답했습니다. 오히려 그것(주식 열풍)에 신경 쓰지 않는 게 돈 버는 것이라고 생각했어요. 고민하지 않은 게 아니라 깊이 생각해본 뒤에 내린 결론이었습니다. 너무 명백했어요. 저는 그쪽 방면으로는 잘할 가능성이 없어 보였습니다.

모르겠습니다. 여기 계신 분들 중에는, 또 누군가는 지금 하는 일보다 그쪽, 이를테면 투자 쪽에 더 가능성이 있는 분도 있을 수 있어요. 그와 관련한 공부가 재미있고, 실제로 잘하는 분도 있을 겁니다. 하지만 '저는 아니었습니다.' 저에게 주식으로 얻은 1천만 원의 수익은 로또의 다른 버전 같았죠. '내가 10만 원 버는 동안 누군가는 1천만 원을 벌 수 있어? 그럼 나도 벌 수 있을까?' 아뇨, 그 확률은 10만 분의 1이 아닐까 싶어요. 그 확률에 의지하느니 10만 원의 일을 잘해서 100만 원을 만드는 게 맞겠다는 생각이 들었던 겁니다. 간단히 말하면 "괜히 다른 데 눈 돌리지 말고 내가 잘하는 걸 열심히 하자"였어요.

아주 이기적으로 판단한 겁니다. 제 자신을 잘 알고 있었기 때문에 저는 남들이 그걸 잘한다고 해서 저도 잘할 수 있는 사람이 아니라는 걸 알았어요. 그러니 내가 잘하는 일에 집중할 수밖에요. '난 카피밖에 없어' 한 거예요. 선배가 주식으로 100만 원 벌었다고 술을 살 때도 '아니, 나는 카피밖에 없어. 난 카피 써야지' 했어요.

돈은 삶을 윤택하게 해주는 좋은 수단이지만 돈이 많은 사람 모두가 훌륭한 삶을 살거나 행복하진 않습니다. 1억 원을 가진 사람이 20억 원을 가지게 된다면 그 사람은 아마 100억 원을 향해 갈 겁니다. 100억 원이 생기면 다시 그 이상을 바라보겠죠? 그런데 100억 원이 70억 원이 되면 무척 불행할 거예요. '맛'에 가치를 두면 장터의 5천 원짜리 된장찌개도 훌륭한 식사가 되겠지만 '값'을 기준으로 두면 그 찌개는 싸구려일 수밖에 없고, 내 입에 맛이 있든 없든 고급 레스토랑에 가서 비싼 음식을 먹어야 좋겠죠.

연봉 3천만 원인 사람이 연봉 10억 원인 사람을 부러워할 수 있어요. 연봉 10억 원인 사람도 나름의 고통을 겪겠지만 그 사람을 보며 이렇게 말할 수도 있습니다. 연봉 10억 원이면 그 고통쯤은 매일 겪을 수도 있다고요. 이건 망상입니다. 자기 인형을 빼앗긴 다섯 살 어린아이의 고통과 100억 원을 잃은 사람의 고통이 다르지 않다는 말이 있습니다. 아끼는 인형이 없으면 죽을 것 같다는 아이의 박탈감이 100억 원을 잃은 마음보다 작지 않다는 겁니다. 결국 인간이 자기 상황에서 느끼는 고통의 크기는 저마다 비슷합니다.

돈을 무시하라는 이야기가 아니라 마음이 정리된 사람은 어떤 조건에서도 행복의 순간을 찾을 수 있다는 것을 말씀드리고 싶습니다. 내가 잘하는 게 무엇인지, 내가 가지고 있는 게 무엇인지 생각해보고 거기에서부터 시작하는 게 중요합니다.

니코스 카잔차키스가 말했습니다. "당신이 왕이면 왕으로 잘살면 되고 당신이 소몰이꾼이면 소몰이꾼으로 잘살면 된다"라고요. 헤르만 헤세도 비슷한 얘기를 했죠. 신이 당신을 박쥐로 만들었으면 박쥐로 살아야지 타조로 살겠다고 한들 타조가 되겠느냐고요. 돈을 굴리고 버는 데 타고난 사람도 있고 아닌 사람도 있는 겁니다. 다 같을 순 없어요. 그래서 저는 돈과 행복은 등가교환이 되지 않는다고 생각합니다.

**"취업하면 다 해결될 줄 알았는데 이후에
더 큰 불안과 무기력이 찾아왔습니다.
선생님도 불안했던 시기가 있었나요?"**

『책은 도끼다』에서도 이야기한 적이 있습니다.
마흔이 됐을 때 마흔은 저에게 불혹不惑이 아니라 만
혹滿惑이었다고요. 마흔도 만혹이었는데 30대 때는 어
땠겠어요. 이미 뭔가 이룬 사람의 푸념으로 들릴까 조
심스럽습니다만 그 시기를 어떻게 지나왔는지 말씀드
리는 것도 의미가 있을 것 같습니다.

그 당시에는 매일 저녁 한숨이 절로 나왔습니
다. 아내와 딸이 있고 직장을 다니고 있었고 서울 끝
에 작은 아파트를 마련했는데도 앞이 보이지 않는 것

같았어요. 이렇게 살아도 되나 모르겠더군요. 내가 이 대로 월급 받아서 가정을 잘 꾸려갈 수 있을까, 계속 회사에 다닐 수는 있을까 별별 생각이 다 들었죠. 예전에도 종종 말씀드렸었지만 30대 초반의 박웅현은 회사에서 주목받는 카피라이터가 아니었으니까요. 서른한두 살 무렵에 저는 늘 쭈뼛거렸고 자신 없었습니다. 회의에 들어가면 제 의견은 잘 받아들여지지 않았고 주목받지 못했죠. 어떻게 해야 살아남을지를 매일 고민했어요.

그러다 한번은 어떻게 해야 회의 때 존재감을 가질 수 있을지 생각하다가 회의에서 오가는 말들을 받아 적기 시작했습니다. 다른 사람들이 말한 내용, 아이디어, 키워드 같은 걸 쭉 정리했죠. 그렇게 써 놓은 걸 회의가 끝난 뒤에 살펴보면 정리도 되고 공부도 됐어요. 그러다 나만 보지 말고 사람들과 같이 보면 좋겠다는 마음에 지난 회의 때 나온 이야기를 정리해서 프린트한 다음, 다음 회의 때 테이블 위에 쭉 올려 놓았습니다. 일종의 회의록이었죠.

재미있는 사실은, 제가 속기사가 아니니까 저에게 울림을 준 말들 위주로 적게 됐고, 그러다 보니 저에게 회의록에 대한 편집권이 생기더라는 겁니다. 그 회의록을 토대로 다음 회의가 진행됐고, 제가 중요하다고 생각했던 방향으로 이야기가 진행되기도 했어요. 어느 날, 한 상사가 제가 나눠준 회의록을 보고 이거 누가 쓴 거냐고 묻더군요. 문맥을 파악할 줄 안다면서 기회를 주기 시작했고요. 그렇게 얻은 기회가 조금씩 늘어나면서 많은 사람이 기억하는 카피를 쓰고 광고를 만들게 된 겁니다.

또 한 가지는 살아남기 위해서 남의 답을 제 답으로 삼지는 않았습니다. 박경리 작가의 『토지』를 읽고 있으면 주변 선배들이 와서 물어요. 그 스물한 권짜리 대하소설을 읽는다고 광고 기획에 무슨 도움이 되겠냐, 하고요. 요즘 유행하는 예능 프로그램을 봐라, 잡지를 봐라, 유행어에 관심을 가져라 등의 충고를 하기도 했고요. 그런데 저는 그 말에 동의 되지 않았어요. 아무리 생각해봐도 거기에 제 답이 있을 것 같지 않은 거죠. 당장 카피를 쓰는 데 도움이 되진 않을지 몰라도 저에게는 제가 읽는 책이 보약 같았습니다. 당시에 김주영의 『객주』, 도올 김용옥의 책들, 동양사상에 관련된 책들, 고전들을 주로 읽었습니다. 당연히 주변 시선이 고울 수 없었죠. 패션 브랜드 광고를 만드는 사람이 노장 철학을 왜 읽고 있냐는 거죠.

그런 이야기를 들으면 내심 불안하긴 합니다. 그런데 불안하다고 트렌드를 잘 좇아가고 찾아내는 동료나 후배처럼 할 수 없었어요. 하기 싫어서가 아니라 내가 그 사람들보다 분명히 못 할 거라는 걸 잘 알고 있었기 때문이었습니다. 그들은 뛰어난 감각으로 날아다니는데 제가 어떻게 따라가겠습니까? 그래서 내가 생각하는 본질을 잡자, 그게 내 길이다, 그렇게 생각하고 행동한 겁니다. 그리고 머지않은 시간에 제 방식이 잘못되지 않았다는 걸 입증했습니다. 자막만으로도 광고가 됐고, 가치가 녹아 있는 광고가 대중의 사랑을 받았으니까요.

인생에는 안팎으로 나를 찾아오는 질문이 있습니다. 말 그대로 밖에서 툭 치고 오는 질문일 수도 있고 내 안에서 솟는 질문일 수도 있습니다. 그러나 답은 언제나 내 안에 있습니다. 회의록도, 제가 읽은 책도 제 안에서 찾은 저의 답이었습니다. 세상은 이게 중요하다고 하는데 나는 정말 그 말에 동의가 되는지, 내가 잘할 수 있는 사람인지 아닌지 잘 판단해야 합니다. 분명한 것은 나를 찾아오는 모든 질문에 대해서는 온몸으로 대답해야 한다는 겁니다.

얼마 전 20대 시절에 읽었던 『말테의 수기』를 우연히 꺼내 보게 됐는데요. 맨 앞 빈 페이지에 '84. 12. 15. 밤 9시 춘천 청구서적에서'라고 적혀 있더군요. 그리고 그 아래에 이런 메모를 해두었더라고요. "글쎄, 그렇다니까. 중요한 건 객관적 평가가 아니라 주관적 가치라니까." 그러고 보면 저는 다른 건 몰라도 저를 찾아오는 질문들에 성실하게 답해왔던 것 같습니다. 이 질문에 대한 답의 마무리는 헝가리의 작가 산도르 마라이의 소설, 『열정』(솔출판사, 2001)의 이 문장이 좋겠습니다.

"중요한 문제들은 결국 언제나 전 생애로 대답한다네."

"박웅현의 회피하지 않는 힘은
어디서 나온 건가요?"

제 장점이자 단점이 포기가 빠른 건데요. 가지 않은 길에 대해 연연하거나 미련을 두지 않습니다. 그때 이게 아니라 저걸 선택했더라면, 이런 생각을 하지 않아요. 대신 선택에 대해서는 최선을 다하고 최선을 다했음에도 닿지 않으면 놔버립니다. 탁 털어버리죠. 마음속 공간을 차지하고 있는 군더더기를 비워냅니다. 좌절, 미련, 분노, 후회 이런 것이 마음을 어지럽히지 않도록 해요. 지나간 것들이 뒤엉켜 있으면 새로운 생각이 비집고 들어갈 틈이 없으니까요. 마음에 빈 공간이 생기면 맞닥뜨린 질문에 온몸으로 답할 수 있는 여지가 생깁니다. 일종의 범퍼라고 할 수도 있겠습니다.

질문에 대한 답에서 조금 벗어나는 이야기가 될 수도 있겠습니다만 이 범퍼 이야기를 좀 더 해볼게요. 예전부터 주변 사람들에게 삶에도 범퍼가 필요하다는 이야기를 하곤 했습니다. 차가 어딘가에 부딪혔을 때 범퍼가 있다면 끝까지 닿지 않고 그만큼의 여유가 생깁니다. 치명적이지는 않아요. 삶도 같습니다. 경제적으로나 심리적으로도 범퍼가 없다면 사고 났을 때 충격을 크게 받을 수 있습니다. 그래서 저는 무언가를 기필코 이루겠다는 마음보다 살아가는 데 있어서 경제적, 심리적, 시간적 범퍼를 마련하는 데 좀 더 주안점을 뒀던 것 같습니다.

심리적 범퍼 중 하나를 예로 들자면 이런 겁니다. 저는 프레젠테이션을 할 때 이야기해야 하는 내용이 열 가지라면 열다섯 개를 준비합니다. 열 개를 이야기하지 않으면 50억이 날아가는데 딱 열 개만 준비했다는 건 범퍼가 없는 겁니다. 그러면 실수가 실수로 그치지 않아요. 그래서 열다섯 개를 준비하고 생각하죠. '그중 일곱 가지만 얘기해도 괜찮아. 그럴 수도 있어.' 말할 내용을 열다섯 가지 정도 준비하지만 핵심적으로 일곱 개만 이야기해도 충분한 기획안을 만든다는 말입니다.

돈도 마찬가집니다. 저는 오래 전부터 여행 갔을 때 부담 없이 팁을 줄 수 있는 정도의 경제력을 갖는 게 꿈이었습니다. 더 많이 바란 것도 아니고 딱 그 정도였으면 좋겠다고요. 이게 저의 경제적 범퍼인 거죠. 경제적 범퍼는 사람마다 기준이 다를 겁니다. 중요한 건 자기 목표가 어느 정도인지 아는 게 중요해요.

아예 범퍼를 확보하지 않는 사람들을 꽤 많이 봅니다. 예를 들어 소위 '영끌'이라는 건 영혼까지 끌어온다는 것인데 이건 범퍼를 계산하지 않은 겁니다. 저는 제 경제 수준이 지금보다 훨씬 좋지 않았던 때도 영혼을 끌어오지 않았어요. 경제적인 부분에서도 완충 가능한 영역이 필요하다고 생각했기 때문입니다. 주식을 하지 않았던 것도 같은 맥락이었고요.

또 하나의 범퍼는 시간입니다. 저는 10시 약속이면 적어도 10, 20분 전에 약속 장소에 가 있습니다. 이건 삶의 목표 중 하나이기도 해요. 대부분의 경우 그렇습니다. 제 경험 하나를 말씀드려볼게요.

제가 뉴욕에서 유학할 때 아내와 딸과 함께 영국으로 여행갔던 적이 있습니다. 이왕 영국까지 갔으니 '유로스타(영국, 프랑스, 벨기에 네덜란드를 연결하는 고속 열차)'를 타고 파리에 다녀오기로 했죠. 여행 끝 무렵에 파리에 갔다가 영국으로 돌아와 하룻밤 자고 다음 날 아침 비행기로 미국에 돌아가는 일정을 계획했습니다. 짧은 일정이지만 당시 파리에 살고 있던 지인 가족과 만나서 좋은 시간을 보냈죠. 그때 "유로스타가 리옹 역에 서지?"라는 이야기를 들었는데 그 이후에 역을 다시 확인하지 않았습니다.

미국으로 가는 비행기를 타기 위해 영국으로 떠나야 하는 당일, 늘 그렇듯 열차 출발 시간보다 일찍 도착해서 커피 한잔 마실 시간을 염두에 두고 리옹 역으로 출발했어요. 그런데 역에 도착한 뒤에 열차를 타려고 보니 플랫폼 정보가 맞지 않아요. 이상해서 지나가는 사람을 붙들고 물어봤어요. 그 사람은 제 손에 들린 열차 티켓을 들여다보더니 이 열차는 리옹 역이 아니라 파리 북역에 서는 열차라는 겁니다. 큰일 난 거예요. 그 열차를 놓치면 미국행 비행기를 놓치게 생겼어요. 숙박 문제도 발생하고요. 시계를 보니 시간이 얼마 안 남았더군요. 그래도 서둘러 가면 간당간당하게 기차를 탈 수 있을 것 같았어요. 딸아이의 손을 잡고 허겁지겁 달려서 택시를 잡아 타고는 택시 기사에게 다급하게 소리를 쳤습니다. 몇 분 뒤 파리 북역에서 열차가 출발하니 빨리 가 달라고요. 가까스로 파리 북역에 도착해 플랫폼에 뛰어들어가니 기차가 출발하기 직전이에요. 마음이 더 급해졌죠. 정신 없는 모양새로 우왕좌왕하고 있으니 유니폼을 입은 직원이 다가와서 진정하라고, 괜찮다고 안심시키며 안내해주었습니다.

그때는 제대로 확인하지 않았다고 화를 냈던 아내가 나중에 이 일을 회상하면서 이런 이야기를 했습니다. 당신의 그 일찍 출발하는 습관이 없었으면 기차를 놓쳤을 거라고요. 저는 지금도 공항이든 기차역이든 예정된 시간보다 일찍 도착할 수 있도록 출발합니다. '시간이 좀 남더라도 미리 가서 커피 한잔하면서 기다리자' 하는 쪽입니다. 그래야 어떤 돌발 상황이 생기더라도 대응할 수 있는 여유가 있으니까요. 이게 제가 가지는 시간적 범퍼입니다.

심리적, 경제적, 시간적 범퍼는 인생에 숨 쉴 틈

을 만들어줍니다. 돌아보면 이런 범퍼가 제 마음에 여유 공간을 만들어주었고 그것이 제게 주어진 문제를 제대로 마주할 수 있게 해주지 않았나 싶습니다.

"30대 직장인입니다. 번아웃이 온 것 같은데
어떻게 하면 좋을까요?"

한국에서는 '끝날 때까지 끝난 게 아니다'를 지
나치게 강조합니다. 일할 때 필요한 자세이기도 하지
만 그게 전부는 아닙니다. '지나간 것은 지나간 것이
고 닿지 않는 것은 닿지 않는 것이다'라는 문장이 있
습니다. 한 손에는 '끝날 때까지 끝난 게 아니다'라는
문장을 들고 있다면 다른 한 손에는 '지나간 것은 지
나간 것이고 닿지 않는 것은 닿지 않는 것이다'라는
문장을 들고 있어야 합니다. 최선을 다해서 해보되 닿
지 않는 것은 닿지 않는 것이니 놓아야 합니다. 영혼

을, 나 자신을 갉아먹으면서까지 해야만 하는 일은 없습니다.

다만 때로는 '번아웃'이라는 말에 현혹되지 않을 필요도 있습니다. 이 역시 조심스러운 말입니다만 저는 '번아웃'이라는 말을 머릿속에 심어 두면 그 말에 걸려 주저앉게 될 수도 있다고 생각합니다. 저를 예로 말씀드려볼게요. 얼마 전, 이제는 서른 넘은 딸아이가 묻더라고요. 아빠는 제 나이 때 번아웃을 겪지 않았냐고요. 그때 제가 곰곰이 지난 날을 되짚어 보고 한 답이 "그때 난 번아웃이 될 여유가 없었어"였습니다. (웃음)

사실입니다. 30대의 저는 번아웃이 오면 안 됐어요. 결혼한 지 얼마 지나지 않았을 때였고 아이도 너무 어렸죠. 어쩌면 번아웃이 왔는데 그렇게 그냥 지나가버렸는지도 모르겠습니다. 최근에 〈시사IN〉 장일호 기자의 에세이 『슬픔의 방문』을 읽었는데 그 책에서 인용한 한 문장이 아주 깊게 남았어요. "답이 없다고 말하는 순간 답은 사라진다." 돌아보면 같은 맥락으로 그 당시 '지금 나는 번아웃'이라고 말하면 정말 번아웃이 올 것 같았습니다. 정말 그렇다고 하면, 저는 번아웃으로 출근할 수 없고 카피를 쓸 수도 없게 될 텐데 그럴 수 없었습니다. 가장이었으니까요.

그리고 그 순간 잠시 멈춰 선다고 해서 모든 문제가 해결되는 게 아니라고 생각했습니다. 멈춰 서서 그 상태를 어떻게 넘겼다고 해도 그 다음에 더 큰 파도가 닥쳐올 거라는 걸 알고 있었죠. 그러니 힘들고 지칠 때 제 상태를 어떤 말로 규정짓지 않고, 그때그때 방법을 찾아서 어떻게든 다시 앞으로 나아가려고 했던 것 같습니다. 슬럼프도 내가 인정하는 순간에 슬럼프가 됩니다. 월마트 창립자인 샘 월튼이 이런 말을 합니다. 경기 불황에 대한 경영 전략이 있느냐는 질문에 "나는 경기 불황에 참여하지 않으려 한다"라고요. 자기 상태를 어떤 단어나 용어로 고정시키면 거기 매이게 된다는 의미로 한 말 같은데 동의합니다.

말에는 힘이 있습니다. 힘들다고 말하는 순간 힘들어질 수 있어요. 심리적인 게 확실히 작용한다고 생각합니다. 정말 슬럼프를 겪은 사람들 중에는 슬럼프를 겪던 당시에는 그 사실을 모르다가 다 지나고 나서 '아, 그때 내가 슬럼프였던 것 같아'라고 깨닫는 경우가 있습니다. 그건 험난한 때에도 어떤 방식으로든 그 시기를 벗어나려고 애를 썼다는 이야기일 겁니다.

제가 말씀드리고 싶은 것은 자기 자신을 잃어 버리면서까지 해야 하는 일은 없지만, 때로는 '번아 웃' '슬럼프'처럼 어떤 말을 자기 안에 깊이 심어두는 것도 주의해야 한다는 겁니다. 내 인생을 나에게 맞 추면 거센 파도에 무너지지 않을 수 있습니다. 그러니 일단 주파수를 내 안에 맞추는 작업을 먼저 하시면 좋겠습니다.

◆ 저자는 "지나간 것은 지나간 것이고, 닿지 않는 것은 닿지 않는것이다"라는 이 문장이 박목월 시인의 시 「가교」의 '지나온 것은 지나온 것이요, 닿지 않는 것은 닿지 않는 것이다'에서 비롯된 생각이라고 이야기한 바 있습니다.

◆ 장일호 기자의 『슬픔의 방문』(낮은산, 2022) 속 인용문은 의사 양창모 작가의 『아픔이 마중하는 세계에서』(한겨레출판, 2021)의 문장입니다.

"사회생활을 하다 보면 어쩔 수 없이 다양한
관계를 맺게 되는데요. 저와 잘 맞지 않는
관계를 지속해야 하는지 고민입니다."

사회생활에서 관계로 고민하는 분들이 많은데
요. 학창 시절에 코로나를 겪은 세대는 소속이 더 불
편한 세대가 될 겁니다. 사람이 모여 있을수록 감염
위험이 커지면서 어딘가에 소속된다는 게 더 위험하
다는 걸 경험했기 때문이죠. 갈수록 개인으로 파편화
될 것이고 관계에 대한 고민이 심해지겠죠. 나와 맞지
않다고 느끼는 사람들과 어울리는 게 점점 어려워지
고요. SNS나 가상 세계에서는 나와 안 맞는 사람들은
차단하면 되는데 현실에서는 힘든 일이니 관계는 더

더욱 디지털 세상을 중심으로 옮겨갈 겁니다.

그렇다고 해도 오프라인 관계가 사라지진 않을 거예요. 가족, 학교, 회사, 어떤 조직 안에서 유효하겠죠. 이 관계는 불가피합니다. 그러니 만약 같은 팀에 있는 사람이든 함께 일하는 사람이든 나와 맞지 않아서 스트레스가 심하다면, 그 사람과는 최소한의 기본적인 관계만 유지하는 게 낫습니다. 일 외에는 섞이지 않고 사적인 만남은 최대한 피하고요. 가능한 한 접점을 줄일 수 있다면 줄이는 것이 낫다는 게 제 의견입니다. 실제로 제 딸도 어떤 사람과 식사하고 나면 '기가 빨린다'라고 이야기하더군요. 상대에게 맞춰야 한다는 생각 때문에 그렇다는 겁니다. 저는 딸에게도 그런 인연은 오래 가지고 가지 말라고 말해줍니다.

자리이타自利利他, 자신을 먼저 챙기세요. 번아웃을 겪고 있는 분의 질문을 받은 적이 있습니다. 그때 한 손에 '끝날 때까지 끝난 게 아니다'라는 문장을 들고 있다면 다른 한 손에는 '지나간 것은 지나간 것이고 닿지 않는 것은 닿지 않는 것이다'라는 문장을 들고 있어야 한다고 말씀드렸었는데 관계도 마찬가지입니다. 그 어떤 사람도 자기 자신이 소진되면서까지 만나야 할 이유는 없습니다. 무엇보다 모든 사람과 잘 지내겠다는 욕심을 내려놔야 해요. 나와 잘 맞는 사람들과 시간을 보내는 걸 우위에 두세요. 그렇게 해도 괜찮습니다.

물리적으로 만났다고 해서 만난 게 아닙니다. 다시 말해 '진짜 만남'은 물리적인 시간에 비례하지 않아요. 같은 공간에서 20년 일한 팀장이라도 나와 세계관이 너무 다르면 그와 나는 만난 게 아닙니다. 20년을 같이 일했을 뿐입니다. 반대로 어느 날 친구와 함께 온 누군가를 처음 만나서 차 한잔을 했는데 그 시간이 너무 좋았어요. 그럼 그 사람과는 만난 겁니다. 안 만나지는 사람을 상대로 자꾸 노력할 필요는 없다고 생각합니다.

혹 나는 너무 불편한데 상대는 적극적으로 나와 관계를 맺고 싶어하는 경우도 있죠. 그럴 때는 나를 위한 판단을 해야 합니다. 당연한 일이에요. 그리고 상대에게 나는 당신이 불편하다고 솔직하게 말하거나, 아니면 내가 불편하게 여기는 부분을 고쳐달라고 할 수 있어야 해요. 이런 이야기를 하기 부담스러운 상대라면 차라리 핑계를 대고 만나지 않는 쪽이 낫다고 봅니다. 이 같은 관계에서도 기준은 '나'가 우선되어야 합니다.

물론 두루두루 좋아야 한다는 의견도 있을 겁니다. 분명 사회생활에서 필요할 수도 있습니다. 그 의견도 존중합니다. 하지만 저의 세계관은 아닙니다. 늘 말씀드리지만 제 말이 틀릴 수 있습니다. 동의가 되지 않는다면 '나와는 다른 생각'이라고 보시고 받아들이지 않으면 됩니다. 다만 동의가 된다면 참고해보시면 될 것 같아요.

"광고 일을 하는 데 스펙이 중요한가요?
선생님은 어떤 기준으로 신입사원을
뽑으시나요?"

종종 스펙에 대한 질문을 받기도 하는데 광고업은 진입장벽이 없는 곳입니다. 그래서 더 치열하기도 합니다. 평범한 아이디어를 두세 번 냈다면 광고주가 더 이상 찾지 않습니다. 저는 혼자서 모든 일을 해낼 만큼 훌륭한 사람이 아니니 같이 일할 훌륭한 사람들을 모아야 합니다. 이때 제가 '훌륭하다'라고 보는 기준은 그 사람의 '울림판이 얼마나 큰가'입니다. 예를 들어 어떤 음악을 들려줬을 때 "아, 이 곡 제목은 ○○이고 작곡가는 A인데요. 영화 ⟨***⟩에 나왔던 곡이네요"라고 말하는 사람이 아니라 그 곡조가 너무 슬퍼서 "잠시만요"라고 말할 수 있는 사람입니다. 길을 지나가는데 다섯 사람은 다 무심히 지나갈 때 갑자기 멈춰 서서 어딘가를 가리키며 "저 장면 너무 멋지지 않아요?"라고 말하는 사람입니다. 길가의 행상 노인을 보고 "저 할머니 주름 하나하나가 세월이네요"라고 말하는 사람과 함께 일하고 싶습니다. 왜 그런가 하면 확률적으로 자기 안의 울림판이 큰 사람이 다른 사람의 울림판을 잡아낼 수 있기 때문입니다.

마케팅에서 가장 중요한 게 무엇이냐는 질문을 받은 적이 있는데 마찬가지입니다. 마케팅도 광고와 마찬가지로 사람들 마음을 사로잡아야 하는 일입니다. 마케팅 이론이 아니라 사람들 마음을 건드릴 수 있는가, 이게 중요한 겁니다. 가령 "나를 얼마나 사랑해?"라는 물음과 "바쁠 때 전화해도 내 목소리 반갑나요(이선희, 〈알고 싶어요〉 가사)"라고 묻는 것은 다르죠. 어느 쪽이 마음에 파장을 일으키겠어요. 이 차이를 만들 수 있어야 해요.

사람들의 울림판을 건드리려면 그와 같은 울림판을 가지고 있어야 합니다. 그래서 저는 함께 일하는

사람을 볼 때 그 사람이 얼마나 큰 울림판을 가지고
있는가를 중요하게 생각합니다.

"요즘 MZ 세대에 관한 이야기가 많은데
선생님도 이 세대가 다르다고 느끼시나요?"

사실 저는 잘 못 느끼겠어요. 광고 일을 30년쯤
해왔는데요. 제가 20대인 시절에 저희 세대는 신세대
라고 불렸어요. 그 당시 기성세대로부터 신세대는 다
르다는 이야기를 들으면서 사회생활을 시작했습니다.
그런데 그다음에는 X세대가 왔고, 오렌지족이 등장했
죠. 결국 지금 언급한 그 모든 세대를 다 겪어본 셈인
데 저는 무엇이 그렇게 다른지 잘 모르겠습니다.

달라진 건 세대가 아니라 '시대 문맥'입니다. 제
가 20, 30대일 때만 해도 취업하면 평생 직장이었고

열심히 돈을 모으면 아파트를 살 수 있었고 차근차근 평수를 늘려갈 수 있었어요. 입사하면 회사 안에서 성장하고 승진하고 잘하면 임원도 될 수 있었어요. 그걸 목표로 삼는 사람들도 있었고요. 하지만 이제는 그런 기대를 할 수 없죠. 이미 사람들은 IMF, 금융위기를 거치면서 '조직'이라는 것에 의지하지 않게 됐습니다. 개인이 경쟁력을 갖지 않으면 언제든 조직으로부터 내쳐질 수 있다는 생각을 당연히 하게 된 겁니다. 어렸을 때 이 시기를 겪은 사람들은 자기 발전에 대한 갈증이 심할 수밖에 없어요. 회사에서 내가 성장한다고 느껴지지 않으면 언제든 새로운 길을 모색하죠.

한때 많이 언급됐던 '욜로족'이라는 말도 한번 생각해볼까요? 이를 미래에 대한 계획 없이 하루하루를 낭비하는 라이프 스타일이라고 비꼬지 말고 잘 들여다보면 이해할 수밖에 없습니다. 이 세대에 속한 사람들은 앞에서 말한 것처럼 월급을 평생 모아도 서울에 있는 아파트 한 채 살 수 있는 가능성이 제로에 가까워요. 제가 청년기였을 때 대한민국은 산업 성장기였고 제 세대는 부모보다 나을 수 있었어요. 부모보다 더 좋은 차, 좋은 집에 살 가능성이 있었습니다. 그러나 지금의 20대, 30대는 그렇지 못해요. 그들이 능력이 없어서가 아니라 지금은 마이너스 성장률의 시대니까요.

이런 상황에서 젊은이들이 어떤 판단을 할 수 있을까요? 경험이 중요해질 겁니다. 모으고 아껴서 집을 사고 규모를 늘리는 것은 요원한 일이니 경험에 집중하는 겁니다. '오마카세'가 유행하는 것도 겉멋만 들어서가 아닙니다. 그 경험을 미뤄둘 수 없는 겁니다. 나중에 돈 많이 벌면 먹어야지, 생각할 수 없어요. '돈 많이 벌면'이라는 가능성 자체를 기대하기 어렵기 때문입니다. 미래가 불확실한 거예요.

요즘 MBTI가 그토록 유행인데 젊은 사람들이 왜 MBTI를 좋아할까 생각해본 적 있나요? 이런 현상에는 여러가지 이유가 있겠지만 저는 불안도 그중 하나라고 봅니다. 요즘 시대는 '대중'이라는 말이 어울리지 않아요. 집단성이 약해졌죠. 사람들과 소통하는 방식 역시 대면하면서 관계 맺는 게 자연스러웠던 기성세대와, 태어날 때부터 스마트폰, 온라인으로 관계를 맺는 게 자연스러운 지금 세대가 같을 수 없습니다. 그만큼 지금 젊은 세대는 타인을 이해하려면 분석이 필요해요. 공통된 무언가로 묶이고 싶은 마음도 있고요. '나는 E인데 너는 I라서 이런 부분에서 너와 내가 의견이 다르구나?' '너도 I야? 나도 I인데!'인 것이죠. 기성세대처럼 만나보고 겪어보고서야 저 사람은 좀 내향적이네? 외향적이네? 이해하는 방식과는 차이가 있을 수밖에요.

　이런 시대 문맥을 이해하면 젊은 사람들과 마주할 때 그들을 이해하기가 훨씬 쉽습니다. 이해의 폭도 깊어지고요. 저도 노력합니다. '이들은 나와 다르다'라고 전제하지 않아요. 제 임의로 그들을 판단하지 않으려고 노력합니다. 차이를 인정하고 그 차이가 어디에서 기인한 것인지 이해하려고 합니다.

"회사 안에서 선배로서 MZ 세대와
소통하는 방법이 궁금합니다."

제일 좋은 방법은 들어주는 겁니다. 저는 기본적인 자세를 '말하는 쪽'이 아니라 '듣는 쪽'에 둡니다. 젊은 후배들과 함께하는 자리에서 그 친구들이 어떤 이야기를 나누는지 듣고 공감해줘요. 어떤 생각을 하는지, 어떤 의견을 가졌는지 듣습니다. 때로는 그 친구들의 관심사에 함께 관심을 가지기도 하고요. 다만 이 같은 대화는 내가 원할 때가 아니라 상대가 대화할 준비가 되어 있을 때, 원할 때 합니다. 만약 후배가 '에어팟'을 끼고 있다면 그때는 묻지 않습니다. 소통은

'서로' '함께' 이야기할 준비가 되어 있을 때 가능해요.

그리고 솔직하게 이야기하는 것만큼 좋은 게 없는 것 같아요. 저는 어린 후배들보다 연배가 훨씬 높지만 모르는 건 모른다고 이야기합니다. 가르쳐주면 배우고요. 상대를 이해하기 위해 질문하는데, 이때 이해하려고 노력하지만 이해되지 않거나 동의되지 않는 것은 솔직하게 말합니다. 재미있는 건 이야기를 듣다 보면 대부분 이해된다는 것이죠. 밥 먹으면 배부르던데, 아침에 해가 떠요, 이런 이야기만 하게 될 수도 있지만 그런 당연한 이야기를 거리낌 없이 나눌 수 있다면 그걸로 충분하지 않나 해요.

"사회 초년생입니다. 잘하고 싶은데 윗사람
한마디에 긴장하고 위축돼서 마음만큼
실력 발휘가 안 됩니다. 이런 사회 초년생들에게
도움될 이야기를 해주신다면요?"

1~5년 차에는 윗사람이 얘기하면 긴장되고 눈
치 보이죠. 일단 그걸 당연하게 받아들이세요. 당연한
일입니다. 저도 다르지 않았습니다. 20대 때 윗사람을
만나면 평소보다 말도 잘 못 하고 긴장했어요. 그럴
필요가 없는데 편해지기 쉽지 않았죠. 윗사람은 나와
생각이 다를 가능성이 크니까요. 그런데 모든 의견은
상대적인 거라서 윗사람이건 아랫사람이건 나와 같지
않을 수 있어요. 그걸 기본값으로 생각하면 긴장이
덜 될 겁니다.

좀 더 근본적으로 들어가볼까요? 윗사람 앞에서 말할 때는 왜 떨리는 걸까요? 이렇게 긴장하는 이유는 상대에게 옳은 말, 멋진 말을 하려고 해서일 수도 있습니다. 그냥 '내 생각'을 이야기하면 되는데 옳은 말을 해야지, 멋지게 말해야지 생각하는 순간 떨리거든요. 이건 제가 프레젠테이션을 하면서 깨달은 겁니다.

프레젠테이션 할 때 해야 할 말이 열 가지였다고 칩시다. 이 열 가지를 꼭 다 말해야만 한다고 생각하면 그중에 하나라도 놓칠까 싶어서 계속 긴장합니다. 그런데 실제 프레젠테이션 현장에서는 다 못 할 수 있어요. 실제 상황에서는 여러 변수가 존재하니까요. 그러니 내가 준비한 열 가지 이야기를 모두 할 수 있으면 좋지만 다 못 할 수도 있다고 생각하는 게 낫습니다. 더욱이 이제 막 사회생활을 시작했다면 그게 당연한 일이고 처음에는 어쩔 수 없는 일입니다. 자꾸 경험하면 나아질 겁니다.

그리고 지금처럼 사회 초년생이 조언을 부탁할 때가 있는데, 그때 항상 "일단 스펀지가 돼라"라고 말합니다. 이 시기에는 스펀지처럼 전부 흡수해야 합니다. 좋은 건 좋은 것대로 흡수해서 차곡차곡 쌓아 따라가고, 나쁜 것은 나쁜 것대로 흡수해서 반드시 기억해두세요. 정면교사할 것 반면교사 해야 하는 것을 다 흡수해서 자신만의 것을 만드세요.

"선생님의 반면교사는 무엇이었습니까?"

제가 반면교사했던 것은 몇 가지 있었는데요. 우선 제가 윗사람이 되면 오후에 '갑자기' 회식하자고 하지 말아야지 생각했습니다. 아직도 기억나는데, 사회 초년생일 때였어요. 어느 날 오후 4시쯤 윗사람이 팀원들에게 소주 한잔하러 가자고 하기에 "저는 여자 친구와 약속이 있어서 참석하기 어렵습니다"라고 말했습니다. 사람들은 집에 전화하고, 선약을 취소하고 난리가 났고요. 그러니까 저만 호기롭게 선약이 먼저라고 답한 거죠. 그런 저에게 선배들은 "신세대라는 거지? 연애한다고 회식 안 간다는 이야기?" 하면서 웃더라고요. 저는 또 한마디 덧붙였죠. "신입사원은 사생활도 없습니까?" 선배들에게 욕은 먹었겠지만 저는 그때 '나중에 내가 윗사람이 되면 갑자기 회식하자고 하지는 말아야겠다' 다짐했습니다.

또 다른 하나는 되도록 야근, 주말 근무를 하지 않겠다는 거였습니다. 예전에는 야근과 주말 근무가 굉장히 잦았어요. 그런데 제가 막상 윗사람이 되어 보니까 그건 자신이 없을 때 불안을 달래려는 방법이었구나 싶더군요. 저는 그러고 싶지 않았어요. 그래서 저희 팀은 꼭 필요한 일이 아니면 야근이나 주말 근무는 하지 않았습니다. 야근과 주말 근무가 불가피할 때도 미리 알리고 이미 저녁 약속이 있거나 주말 계획이 있는 사람은 하지 않는 걸 우선으로 했죠. 그러고 나니 어쩌다 야근하게 되면 이게 진짜 필요한 상황이라는 걸 모두 알아요. 신뢰가 있는 겁니다.

퇴근 앞두고 하는 회의도, 정해진 시간을 넘는 회의도 '하지 말아야지 목록' 중 하나였습니다. 퇴근을 앞두고 하는 회의는 야근을 하겠다는 이야기입니다. 회의 시간도 팀장, 차장, 부장 저마다 5분, 10분씩

미루다 보면 지연되기 십상입니다. 그렇게 시간을 비효율적으로 쓰게 되는 게 싫었어요. 회의실에 오래 앉아 있는다고 아이디어가 나오지 않아요. 줄담배를 피우면서 시간을 보내봤자 머리만 아플 뿐이죠. 그래서 회의 시간을 정확히 지키도록 했어요. 회의는 제시간에 시작하고 가능한 한 1시간 이내에 끝낸다, 만약 길어지면 50분 회의하고 10분 휴식, 다시 회의, 이런 식으로 규칙을 만들어 운영했습니다.

처음 제가 팀장이 되고 이렇게 팀을 운영할 때 광고업은 그런 효율적인 방식으로 일할 수 없다는 말을 많이 들었습니다. 멋져 보이려고 저런다고, 그림 같은 이야기만 하고 있다고, 이상주의자라고 비꼬는 사람들도 많았죠. 그런 말을 들으니 오히려 입증하고 싶더라고요. 이런 방식으로도 충분히 제대로 일할 수 있다는 걸 보여주고 싶었습니다. 그리고 TBWA에 와서 꼭 그렇게 하지 않아도 된다는 걸 보여줬죠.

그 당시 저희 팀은 늘 바빴는데도 6시면 퇴근했습니다. 다른 팀 사람들이 저희를 보고 바쁘다면서 친구 만나러 가고 휴일은 휴일이라며 쉰다고 의아해했어요. 그 대신 팀 회의의 밀도는 엄청났습니다. 팀원들은 모든 이야기에 집중하고 바짝 긴장해서 문맥을 따라갑니다. 1분도 허투루 쓰지 않아요. 50분 회의하면 딱 정리할 수 있게 만드는 겁니다. 신입 때부터 이 방식으로 함께 일한 사람들은 익숙하지만 경력으로 입사해서 한 팀이 된 사람들은 힘들어하더라고요. 이런 속도로 일해본 적이 없기 때문입니다. 물론 금방 적응합니다. 모든 일은 하기 나름이거든요.

사실 사회생활을 하다 보면 내가 옳다고 생각한 것이 사회나 다른 사람들에게는 중요하지 않을 때도 있습니다. 그럼 그 사이에서 내 생각을 지키는 게 불편해질 수 있어요. 남들과 비슷하게 가는 게 훨씬 편하죠. 다만 그러다 보면 휩쓸려 본질을 잃기 쉽습니다. 종종 이야기합니다만, 세상은 옳은 말과 옳은 말의 싸움일 가능성이 높아요. 내가 싫어하는 누군가도 본인은 옳다고 생각하는 바를 말하고 행동하는 겁니다. 그 사람이 악해서도 아니고 그 사람의 생각이 절대적으로 틀렸다고도 할 수 없습니다. 그러면 무엇을 해야 하는가? 그들의 옳은 말과 나의 옳은 말 사이에서 나의 말이 옳다는 것을 입증해나가는 겁니다. 그런 노력을 해보는 것이죠.

제 이야기가 성공기나 영웅담처럼 들리는 건 아닐지 우려되어 부담스럽고 걱정되기는 합니다. 그럼에도 불구하고 저의 경험이 누군가에게는 응원과 격려가 될 수도 있지 않을까 하여 말씀드립니다.

싸워야 하는 10년 차,
물러서야 하는 20년 차

**"10년 차 직장인입니다. 직장에서 위아래로
끼인 자리에 있다 보니 어떻게 하면 좋은 선배,
동료가 될 수 있을지 고민입니다."**

10~15년 차, 이 지점에 와 있는 후배들에게는 싸우라고 합니다. 그 시기에는 치열하게 싸워서 자기 자리를 확보해야 해요. 싸우지 않고는 누구도 그 권위를 인정해주지 않아요. 다만 위든 아래든 상대를 설득할 때 이쪽의 목소리를 키워야 합니다. 같은 의견을 가진 사람들을 모으고, 목소리를 키워 설득하는 겁니다. 저도 그렇게 일해왔습니다.

그리고 20년 차를 넘어서면 뒤로 물러나야 합니다. 저를 예로 들면 20년 차를 넘어서니 어디에서든 제

목소리가 커졌어요. 회의실에서 중요한 목소리가 됐고, 광고주와 논쟁할 때 광고주가 제 이야기를 듣게 된 겁니다. 이때는 힘을 빼야 합니다. 여기에서 제가 중심에 나서서 싸우겠다고 하면 다 망가지게 됩니다. 이때는 제가 뒤로 빠져줘야 합니다. 이걸 잘 해왔는지 여부는 후배들이 가장 잘 알 텐데요. 어떤 평가를 받을지 모르겠지만 나름대로는 노력해왔습니다.

"20년 차가 훌쩍 넘은 지금, 조직 문화에 대해
고민하게 됩니다. 입사 당시 조직 문화와
지금의 문화가 달라져서 따라가기 힘든 것도
사실이지만, 너무 한결같다는 것도 고민입니다.
후배들에게 무엇을 남길 수 있을까요? 바뀌지
않는 조직 문화를 바꾸는 방법이 있을까요?"

조직 문화에 대해 고민하는 것부터 이미 좋은
선배이시네요. 윗사람들이 이런 자각을 해줘야 합니
다. 말씀대로 조직 문화가 바뀌고 있고 바뀌어야 하고
요. 시대 정신이 달라졌거든요.

1960년대에서 1990년대까지의 시대 정신은 같
은 선상에 있다고 볼 수 있습니다. 이때는 일종의 2차
산업혁명 정신이었다고 봅니다. 빨리 잘 만들고 효율
적이고 빈틈없어야 했고, 이걸 제일 잘하면 됐습니다.
매뉴얼대로, 시키는 대로 하면 됐고 시스템이 강조됐

죠. 그 선두주자가 일본이었어요. 그래서 당시에는 우리도 일본처럼 하려고 했고요. 삼성의 고 이병철 회장은 생전에 주기적으로 일본에 머물렀던 것으로 알아요. 현 매일홀딩스 김정완 대표도 매일유업 회장일 때 6개월에 한 번씩 일본에 방문했다고 하죠. 시스템을 보기 위해서요. 그렇게 따라가면서 오늘날의 대한민국이 되는 기적 같은 시대가 펼쳐진 겁니다.

하지만 4차 산업혁명이 일어나면서 시대 정신이 바뀌었어요. 이전의 시스템으로는 헤쳐나갈 수 없는 시대가 됐습니다. 바뀐 시대의 키워드는 '에자일 agile'입니다. 이건 1960년대 대한민국이 잘했어요. 간단히 말하면 '융통성을 가지고 적당히, 알맞게'에 가까워요. 예를 들어 어떤 요리를 만들 때 레시피 재료에 A라는 양념이 있다면 과거에는 이 A라는 양념이 꼭 있어야만 했어요. 하지만 지금은 A가 없으면 그와 비슷한 B로 대체해 쓰기도 하고, 아예 다른 C라는 양념을 넣어 색다른 요리를 만들어내기도 하죠. 문제는 시대 문화는 이렇게 바뀌었는데 조직 문화는 여전히 '매뉴얼대로' '시스템대로'라는 겁니다.

소위 MZ 세대라고 불리는 사람들은 태어날 때

부터 디지털 네이티브로 자랐어요. 자신들이 소비해왔던 콘텐츠가 있고, 그 속에서 멋있게 보던 모습이 있습니다. 그런데 회사에 들어와서 보니 너무 달라요. 이 사람들이 태어날 때의, 혹은 태어나기 전부터 있던 시스템, 딱 거기에 머물러 있는 겁니다. 이를테면 대표이사의 훈시, 신년사를 생각해봅시다. "작년에 우리에게 이런 과오가 있었지만 올해에 우리는 이러저러한 도전을 할 것입니다." 연차가 있는 분들은 익숙하죠? 회식 자리에 가면 어떻습니까? 긴 테이블에 사람들이 마주 보고 늘어서 앉아 있고 상석에 앉은 임원이 건배사를 하잖아요. 지금 젊은 세대에게는 생소한 문화입니다. 이제 그런 시대는 끝났다고 봐야 해요. 우리를 성공으로 이끈 방정식이 우리를 실패로 이끄는 방정식이 될 수 있습니다.

여기에 저는 연성화軟性化를 이야기합니다. '부드러울 연軟'입니다. 쉽게 이야기하면 누구라도 "저는 생각이 다른데요. 그게 무슨 말인지 모르겠어요"라고 말할 수 있는 문화를 만들어야 해요. 경직되어서는 안 됩니다. 상명하달, 장교와 사병 관계가 아니라 동등한 관계가 되어야 해요. 이렇게 조직이 연성화되어야 각자의 개성과 능력이 발휘되고 급변하는 시대에 개별적인 답이 등장할 거예요.

다만 이걸 빨리 파악하고 바꿀 수 있는 건 조직 안에서 조금 더 힘이 있는 사람들입니다. 가령 제 후배들 열 명이 모여서 이런 이야기를 한다고 해서 조직 문화가 쉽게 바뀌지 않아요. 하지만 제가 이야기하면 조직의 윗사람들은 한 걸음 바뀝니다. 어느 회사든 임원이, 상사가 이야기하면 바뀌어요. 그래서 윗사람이 정신 바짝 차려야 합니다.

감사하게도 조직 문화를 바꿔야겠다고 생각하셨다면 가장 먼저 함께 일하는 사람들의 동의를 구해보시기를 권합니다. 나와 함께 오래 일한 후배, 동료에게 물어보세요. 조직 문화에 너무 변화가 없는데 신입사원들이 납득할 수 있는 문화로 바꿔보는 건 어떻겠는지 제안해보는 거죠.

저 역시 처음 했던 방법도 '내 팀은 바꾼다'였습니다. 회사 전체는 어떻게 할 수 없지만 내 영향력이 미치는 범위까지는 변화시키겠다는 거였죠. 내가 영향을 미칠 수 있는 인원이 4명이면 4명으로 시작하는 겁니다. 광고회사에서 가장 작은 단위를 셀이라고 하는데요. 제가 7년 차쯤 되고 우리 셀에 4명이 있었을 때 이런 얘기를 했어요. 뭘 하든 많이 웃자. 그렇게 일하자. 가능한 한 야근을 없앴고 주말 근무도 하지 않았습니다. 그 당시 저희 팀 별명이 '공립학교 내에 있는 사립학교 학생들'이었어요. 회사 전체 분위기와 다르게 저희 팀만 뭔가 여유로워 보인다는 뜻이었습니다. 또 다른 별명은 '삼신할매팀'이었는데 저희 팀만 오면 결혼도 하고 아이도 낳았기 때문입니다. 제때 퇴근하고 휴일도 잘 지키니까 개인적인 계획을 세우고 이루는 게 가능했죠.

그런데 제 제안을 후배들이 동의하지 않을 수도 있습니다. 아이디어와 마찬가지로 함께 일하는 사람들이 찬성하지 않는다면 그 제안은 죽은 겁니다. 그러니까 나를 제외한 팀원들이 납득하고 좋아할 수 있는 제안이어야 해요. 그래야 다른 곳에서 공격이 들어왔을 때 함께 막아내죠. 내가 팀장이고 이게 내 의견이고 내가 이렇게 하고 싶으니까 이렇게 해, 말고 진짜 모두 인정하고 원하는 걸 찾아야 해요. 그렇게 덩어리를 키우는 겁니다. 시간은 걸리겠지만 내 옆의 한 사람, 그다음에 한 사람 더, 우리 팀, 옆 팀, 이런 식으로

덩어리를 키워가면서 조금씩 바꿔나가면 변화가 있을
겁니다.

"제 의견을 드러내는 데 자신이 없습니다.
선생님은 일할 때 스스로에 대한 확신을
어떻게 채워나가셨습니까?

제가 입사한 지 몇 년 안 됐을 때는 제 카피가
너무 어렵다는 이야기를 많이 들었어요. 그건 대중적
이지 않아. 사람들은 그런 어려운 말을 좋아하지 않아.
광고는 한 번에 이해할 수 있어야 해. 네 카피는 너무
길어. 너무 심오해. 이런 말을 정말 많이 들었죠. 그럼
에도 불구하고 제가 선택한 방향이 맞다는 생각이 들
때는 그냥 싸웠습니다. 설득해나갔어요. 이게 확신이
겠네요. 부연 설명을 좀 하자면 옳다고 생각하는 것을
버리고 타협하면서까지 하고 싶은 일은 없었던 것 같

습니다. 다행히 제가 생각한 가치를 담은 광고가 받아들여졌고 성공을 거두기도 했지만 만약 결과가 좋지 않았다고 해도 저는 그 길을 갔을 것 같습니다.

이 확신이 가능했던 건 혼자 하는 일이 아니었기 때문입니다. 제가 확신이 서는 순간은 주변의 동의를 받을 때인데요. 제 카피가 어렵다는 사람들도 있었지만 제 아이디어를 좋아하는 사람들도 있었거든요. 무턱대고 내 말이 다 맞다고 한 건 아니었어요. 제 아이디어가 다른 여러 사람에게도 받아들여졌을 때 제 생각에 확신을 가지고 밀어붙였죠. 즉 내 의견에 확신을 갖기 위해서는 주변 사람들의 축복이, 동의가 있어야 합니다. 이게 정말 중요합니다. 나 혼자 옳다고 하는 건 잘못된 것일 가능성이 크니까요.

의견을 드러내는 게 자신 없다면 주변 사람들에게 아이디어를 이야기하고 어떤지 의견을 물어보세요. 옆자리 동료에게 의견을 묻고 그 사람이 동의한다면 또 그 옆의 동료에게도 묻는 겁니다. 돌아오는 답이 내 생각이나 바람과는 다를 수 있어요. 그걸 두려워하면 안 됩니다.

『여덟 단어』가 세상에 나오기 전, 원고 작업을

다 끝내고 제목을 어떻게 할까 고민할 때였어요. 아직도 그 순간이 생생한데, 택시를 타고 종로 서린빌딩 앞을 지나가는 중에 어떤 문장이 딱 떠올랐습니다. '인생은 공책이다.' 확신했죠. 아, 그분이 오셨구나. 출판사에 곧바로 전화했어요. "책 제목으로 '인생은 공책이다' 어때요?" 하니까 조용해요. 잠깐이지만 침묵이 흘렀어요. 아닌 거죠. 곧 "비슷한 느낌의 다른 책이 있어서 그건 아닌 것 같아요"라는 답이 돌아오더군요. 저는 그분이 오셨다면서 확신했는데 담당자의 반응을 보고 바로 접었어요. 확신이 사라진 거죠. 이럴 땐 양보해야 하는 거예요.

SK브로드밴드 광고 카피였던 'See the Unseen'도 비슷한 과정을 겪었습니다. 회의한 후였고 슬로건이 안 나와서 회사 건너편 카페에서 커피를 한잔하면서 머리를 식히는 중이었는데 이 문장이 딱 떠올랐습니다. 이번에도 그분이 딱 오신 거죠. 회사로 돌아와 팀원들을 불렀어요. 'See the Unseen' 어떠냐고 하니까 반응이 별로예요. 유학 갔다 왔다고 자랑하시냐, Unseen이란 단어를 아는 사람이 몇이나 되겠냐. 어떤 팀원은 대꾸도 않고 자리로 가더라고요. 아, 이건 아닌가 보다 했죠. 그런데 이틀 후 회의하는데 이때는 다들 이 카피가 괜찮다고 하는 겁니다. 영문 뒤에 한글로 '못 보던 세상 이제 시작이야'라고 짧은 설명을 붙여주면 이해할 거라면서요. 그래서 세상에 나오게 된 카피입니다.

혼자 하는 일이 아니라면 확신은 동의를 수반합니다. 스스로에 대한 확신을 채워준 건 내가 아니라 동료들이었습니다. 자기 의견에 확신을 가지고 싶다면 믿을 만한 사람들에게 아이디어에 대해 의견을 묻고, 들어보세요.

"디지털 시대의 흐름, 트렌드를 다 따라가고 계신가요? 저는 인스타그램도 적응하기가 어렵습니다."

아뇨, 저도 다 못 따라갑니다. 신입사원이 하는 말을 못 알아들을 때도 있어요. 언젠가 신입인 한 친구가 카피를 써 왔는데 제가 봤을 땐 별로였어요. 왜 이런 걸 썼지? 하고 갸우뚱했는데 그 친구가 "그게 요즘 '밈'이에요"라고 하더군요. 왜 그게 밈이 됐는지도 들어보니 재밌더라고요. 그러고 나니 그 카피가 이해됐어요. 그러니까 잘 모를 때는 잘 들어야 합니다. (웃음) 나이 차가 있든 연차가 다르든 함께 일하는 관계 잖아요? 모르면 배우고 열심히 들어야죠.

저는 SNS는 하지 않습니다. 다른 이유가 있어서가 아니라 게을러서 못 해요. 거기까지 신경 쓸 수 없어서 못 하는 거예요. 하지만 업무에 필요하면 집중적으로 공부해서 익힙니다. 오래전에 네이버 '세상의 모든 지식' 카페를 만들 때도 저는 사실 검색창을 이용하지 않는 쪽이었어요. 하지만 광고를 만들려면 알아야 했죠. 그때 당시 후배에게 부탁해서 검색 기능을 사용하는 방법, 그와 관련된 용어 등에 관해 속성 과외를 받았어요. 동시에 요즘 뜨는 콘텐츠가 무엇인지, 인기 있는 드라마나 영화는 무엇인지 등에 관해서도 공부했죠. 그러고 나면 요즘 회자되는 콘텐츠를 다 파악하고 있는 검색의 달인과 같은 면모를 풍기게 됩니다. 그래서 저는 제 명함을 학생증이라고 얘기합니다. 계속 배워야 하니까요.

어쨌든 지금이 디지털 시대인 것은 맞습니다. 그리고 이건 거부할 수 없는 흐름입니다. 이를테면 농경사회에서 유목사회로 이동한 것과 같은 변화입니다. 농경사회는 어른들이 존중받는 사회입니다. 삶의 지혜나 정보가 마을의 가장 큰 어른에게서 나오죠. 집터는 어디가 좋을지, 어디에 가면 사냥 거리가 많은

지, 먹어도 되는 열매와 식용하기 적합하지 않은 식물은 무엇인지 등, 사는 데 필요한 정보를 얻으려면 마을의 어른을 찾아가면 됐습니다.

하지만 지난 40년간 많은 것이 달라졌어요. 그 전에는 없던 컴퓨터, 인터넷이 생겼고, 웹이, 네이버, 구글이 생겨났어요. 한때 '싸이월드'라는 땅에서 열심히 살았는데 거기에서 어느 순간 '페이스북'으로 이사하더니 또 어느 순간 '트위터'로, '인스타'로, '틱톡'으로 넘어와버렸죠. 요즘 누가 음식을 전화로 주문하나요? 누가 집에서 신문을 보나요? 좋아하는 배우를 보려고 누가 TV 본 방송을 챙겨서 보나요? 저녁 시간, 집에서 TV 앞에 가족들이 모여 앉는 일이 있나요? 노마드의 삶은 다릅니다.

노마드의 삶은 계속 이동하는 삶입니다. 젊은 세대가 말을 타고 나가서 주변을 탐색하고 정보를 얻어 옵니다. 이쪽 숲은 위험하다, 저쪽엔 샘이 있고 그 물은 마셔도 괜찮다, 요즘 사람들이 많이 모이는 곳은 강 건너다. 이처럼 지금 당장 필요한 정보와 지혜를 가장 빠르게 전달하는 건 젊은 사람들입니다.

스마트폰으로 모든 것이 가능한 이 디지털 시

대에 원주민은 누구일까요? 태어날 때부터 이런 디지털 문화가 너무 당연했던 이들이 원주민입니다. 그걸 '혁신'으로 받아들였던 우리가 이주민이고요. 누구 말에 귀 기울여야겠습니까? 지금 이 시대 변화는 싫다 좋다 할 문제가 아닌 것 같습니다. 적응해야 하는 문제죠.

얼마 전 시인 김용택 선생님을 뵐 일이 있었습니다. 선생님이 묻기를 "서울에서는 요즘 무슨 일이 벌어지고 있나요?" 하시기에 이렇게 답했습니다. "선생님, 우리가 사는 세계와 똑같은 우주가 하나 생기고 있습니다." 실제로 그렇죠? 가상 세계, 가상 인간이 만들어지고 있잖아요? 그 세계 속에 또 하나의 나도 만들어질 수 있고, 가상 인간과 소통할 수도 있고요. 불편해도 따라가야 하고 배워야 하는 일이라고 생각합니다.

다만 아무리 시대가 달라지고 세상이 바뀌어도 본질은 바뀌지 않을 거라고 봅니다. 사람이 태어나 성장하고 배우고 사랑하고 상처받고 병들어 죽는 것. 이런 생의 본질은 같을 거예요. 드러나는 양상이 다를 수는 있어도 그 과정에서 겪는 희로애락이 있다는 건 마찬가지일 겁니다. Everything changes, Nothing changes인 것이죠.

"시간 관리에 대한 고민이 많습니다.
선생님은 시간 관리를 어떻게 하시나요?"

특별히 시간 관리를 엄격하게 하는 건 아닙니다. 다만 이것 한 가지는 염두에 둡니다. 지금 내가 보내는 이 시간이 킬링 타임인가, 아닌가.

30대 때 예비군 훈련장이 생각나는데요. 제가 예비군일 때는 일주일간 훈련장으로 출퇴근을 하거나 아예 거기에 머물렀습니다. 예비군 훈련장이라는 곳이 분위기가 참 묘합니다. 사람들이 군복만 입혀놓으면 좀 달라져요. 초롱초롱했던 눈이 풀리죠. 어떻게 하면 여기에서 빨리 벗어날 수 있을까 생각하고, 앉기만 하면 졸기 시작해요. 어쨌든 훈련장에 가면 아침에 줄을 서는 데 한 30분 넘게 걸려요. 그때 많은 사람들이 신문을 봤습니다. 저는 광고회사를 다닐 때였고 세상의 흐름을 아는 것도 중요하니 신문을 읽는 게 나쁘지 않은 선택이었죠. 그런데 저는 책을 읽거나 가만히 새소리를 듣는 게 좋았어요. 한 번은 새소리를 듣다가 이런 생각이 들었습니다. 지금 이건 킬링 타임인가? 근데 그런 것 같지 않더라고요. 만약 그게 정말 킬링 타임이라고 생각됐다면 불안했을 것 같아요.

그 시기 즈음의 또 다른 일화인데, 어느 일요일에 아내가 같이 마트에 가자고 했습니다. 저는 주말에는 책을 읽고 공부를 하고 싶은데요. 그래야 카피라이터로서 좀 더 성장할 수 있을 것 같았거든요. 하지만 아내가 이해됐고, 당의 결정은 따라야 하니 책을 덮고 아내를 따라나섰습니다. 그렇게 마트에 도착해서는 카트를 밀면서 속으로 투덜댔죠. 그런데 가만히 보니 거기에도 공부할 게 천지더라고요. 계란 파는 곳에 놓인 계란 이름이 다 달라요. 씨암탉계란, 농촌왕란, 영양란, 황제란, 건강 OK란, 농촌 특란… 이것 말고도 엄청 많았습니다. 그때 제가 사다 먹은 딸기가 '첫눈에 반한 딸기'였는데요. 먹어 보니 처음 맛에 반할 만큼 맛있지 않았어요. 제가 반한 것은 '첫눈에 반한 딸기'라는 그 이름이었던 거예요. 알고 보면 전부 광고 카피입니다. 여기 저기 잘 들여다보니 다 공부가 되는 것들이에요. 어쩔 수 없이 흘려보내야 하는 시간이라고 생각했지만 눈을 뜨고 보니 그 시간을 유의미하게 보낼 수 있었습니다.

출퇴근 시간 40분~1시간은 우리에게 똑같습니다. 이때 전철 안에서 휴대폰으로 게임하는 분들 많죠? 잠시 그렇게 스트레스를 풀 수는 있어요. 하지만 40분이라는 시간을 죽이고 있는 것은 아닌지 생각해 볼 필요는 있습니다. 책을 읽으면 30페이지 넘게 읽을 수 있고, 음악을 듣거나 창밖을 바라보면서 사색할 수도 있어요. 저 같은 사람에게는 업무 차원에서 발상하기 좋은 시간입니다. 아이디어를 내야 하는데 사무실 안보다 밖이 좀 더 자극이 되니까요. 가령 제과점 프랜차이즈 광고 건을 어떻게 할까 고민하면서 사람들을 관찰하는 겁니다. 저 아주머니는 어떤 빵을 좋아할까? 빵을 어떻게 먹을까? 저 아가씨는 빵을 고르는 기준이 뭘까? 하고요.

정리하자면 이런 이야기입니다. 저는 지금 제가 보내는 시간이 죽이는 시간인지 아니면 나에게 무엇인가 쌓이는 시간인지를 생각합니다. 그리고 출퇴근이든 출장이든 어차피 무엇인가로 고정된 시간을 보내야 한다면 그 시간을 어떻게 보내는 것이 나에게 도움이 될지 생각하며 시간을 씁니다.

"우리 아이만 뒤처지는 것 같아
마음이 조급합니다. 남들 하는 걸
다 시킬 수는 없는데 불안해요.
이럴 땐 어떻게 해야 할까요?"

교육 현장을 보면 이상한 오해가 있는 것 같습
니다. 아이들의 머리를 마치 컴퓨터 하드처럼 보고 있
는 게 아닌가 해요. 큰 용량에 데이터가 최대한 많이
축적되면 좋다고 보는 거죠. 그러니 가능한 한 많은
데이터를 축적하려고 해요. 그런데 책 100권을 읽은
아이가 50권 읽은 아이보다 정확히 두 배의 지식을
갖는 게 아니지 않나요? 인간은 유기체이고 용량도 형
태도 소화력도 각자 다 다르니까요.

인간은 인간에게서 객관적으로 수치화된 결괏

값을 얻을 수 없습니다. 모호할 수밖에 없다는 걸 인정하고 들어가야 해요. 메카닉Mechanic이 아니라 올가닉Organic인 겁니다. 기계처럼 명료하게 떨어지지 않아요. 사람은 그렇게 명료하게 정리되고 구획된 존재가 아닙니다. 열린 구조로 되어 있어요. 그런데 살면서 마주치는 질문에 명료하게 답을 하고 싶으니까 메카닉적으로 바깥에서 질문과 답을 찾아요. 이건 잘못된 발상입니다.

바깥에서 던진 질문이 나에게 들어오는 순간 그 질문의 질감은 달라집니다. 예를 들면 '행복이 뭐라고 생각하는가?' '좋은 책은 어떤 책인가?'라는 물음도 자주 언급되는 질문인데 이에 대한 답은 저마다 다를 겁니다. 각자가 생각하는 행복의 조건도, 좋은 책의 기준도 다를 테니까요. 그래서 '내 안'에서 나오는 게 중요한 겁니다. 사람은 이유가 있어서 좋아하는 게 아니고 좋아한 다음에 이유를 찾아요. 그렇지 않습니까?

'비 내리는 법성포'에서 사랑 고백을 받았으면 그곳은 천국이지만, 연인과 싸우고 훌쩍 떠나 당도한 장소라면 축축하고 쓸쓸하겠죠. 객관적으로 모두에게 맛있는 맥주라는 게 있을까요? 어떤 맥주가 맛있는 순간이 있고 맛없는 순간이 있을 뿐입니다. 제 인생 최고의 맥주는 하이트였고, 제 인생 최악의 맥주도 하이트였어요. 어느 초여름에 후배들과 춘천 의암호 주변을 자전거로 돌고 땀 흘리면서 오후 4시 30분쯤 작은 슈퍼마켓 냉장고에서 꺼내 바로 따 마신 하이트가 제 인생 최고의 맥주였습니다. 그리고 어느 날 밤, 조문 갔던 상갓집에서 테이블에 놓인 종이컵에 받아 마신 미지근한 하이트가 인생 최악의 맥주였죠. 같은 조건이어도 '나'라는 사람의 성향, 성격에 따라서, 상황에 따라서 도출되는 값은 달라진다는 이야기입니다.

아이들의 머리도 능력도 다 다릅니다. 이런 관점에서 생각하면 다른 아이와의 비교는 허무맹랑한 일이에요. 어른인 우리도 그렇잖아요. 각자 잘하는 것, 좋은 것, 싫은 것이 있어요. 그러니 일단 내 아이가 어떤 성격, 성향을 가졌는지, 무엇을 좋아하고 싫어하는지, 잘하고 못 하는 것은 무엇인지 살펴봐주세요. 그것부터 인정해주는 게 먼저이지 않을까요?

**"사춘기 아이와 갈등이 잦아집니다.
어떻게 극복해야 할까요?"**

북토크에 오신 학부모님들이 비슷한 질문을 많이 합니다. 그럴 때 제가 늘 하는 말이 "불안해하지 마세요"입니다. 아이는 잘될 거예요. 다만 사춘기는 빠르든 늦든 찾아오고 분명히 지나가게 되어 있습니다.

제 딸아이가 미국에서 유학 생활을 할 때의 이야기입니다. 크리스마스 때 집에 오기로 했는데 유럽에 사는 친구 집에 가겠다고 연락이 왔어요. 가족이 모이기로 했으니 집에 오는 게 좋지 않겠냐고 물으니 아니래요. 친구와 크리스마스를 보내고 싶다고 해요.

그래서 하루만 더 생각해보라고 했습니다. 다음 날 다시 통화했는데 마음이 안 바뀌었대요. 친구 집에 가겠다는 거였죠. 저는 알겠다고 했습니다. 아내는 제가 아이 말만 들어준다면서 언짢아했고요. 그때 아내에게 이렇게 이야기했습니다. 아이가 그 마음으로 우리에게 온들 행복하겠냐고요. 아이 마음은 온통 친구들 곁에 가 있을 텐데 억지로 우리 옆에 두는 게 무슨 의미겠냐고 했죠.

딸아이가 뒤늦게 사춘기를 보낼 때는 이런 생각을 하기도 했습니다. 지금 우리는 난롯가를 지나는 중인데 난로에서 가장 가까운 곳을 지나고 있다고요. 생각해보세요. 불 옆을 가장 가까이 지나는데 얼마나 뜨겁겠어요. 살이 델 것처럼 뜨거울 거예요. 하지만 그 순간이 지나면 훈훈하고 따뜻한 공기 속으로 다시 진입할 겁니다. 모든 건 다 지나가게 되어 있습니다. 그러니 너무 불안해하지 말고 아이에게도 이 시간이 지나갈 거라고 말해주고, 엄마 아빠가 뒤에 있다는 신호만 주면 됩니다. 이것만 있으면 아이는 삐뚤어지지 않고 다시 돌아옵니다.

아이가 어렸을 때는 부모가 전지전능하던 존재

입니다. 아이가 필요한 것, 바라는 것을 해줄 수 있어요. 하지만 아이가 커서 사춘기에 접어들기 시작하면 아이의 시선에서 부모는 무능한 존재가 됩니다. 부모가 해줄 수 없는 것이 늘어나니까요. 그런 상황에서 부모가 자꾸 강요하고 다그친다고 통할까요? 그렇지 않아요. 이때에도 역지사지로 생각해보면 부모는 그 시기를 겪어봤으니 그때가 어떤지 이해할 수 있어요. 좀 더 아는 쪽이 먼저 마음을 열고 들어줘야 한다고 생각합니다.

더욱이 사춘기 아이들은 아직 성인이 아니지만 이 시기는 자기 의견이 강해지는 때입니다. 이런 때에는 부모의 강압적인 말이 먹히지 않아요. 내 생각은 이런데 참고해서 네가 판단을 내리라고 이야기해주는 게 낫습니다. 아이의 결정이 내 생각과 다르다면 충분히 내 의견을 전하되 아이의 선택을 존중하는 겁니다. 부모인 나와 의견이 다르지만 어쩔 수 없어요. 뭐든 본인이 좋아서 해야 능률도 오르고 행복한 법이잖아요. 또한 선택과 책임이라는 배움을 얻을 수도 있고요. 『데미안』에서 헤르만 헤세가 말한 것처럼 한 인간이 인간으로서 성장하기 위해서는 부모로부터 결별해야 하는 법입니다. 말 그대로 자기만의 발걸음을 떼야 하는 일이에요.

아이의 판단이 부모의 생각대로 흘러가지 않을 수 있습니다. 이때 부모가 해야 하는 건 부정적인 결과가 있을 가능성을 차단하는 게 아닙니다. 혹 아이의 선택이 좌절로 끝나더라도 '네 뒤에 부모가 있다'는 사실만 아이 마음에 확실히 심어주면 됩니다. 이건 자녀가 사춘기 청소년이든 성인이든 같습니다. 그것만으로도 아이는 크게 넘어지지 않습니다. 넘어지더라도 일어나 다시 앞으로 나아갈 겁니다. 훌륭한 어른으로 잘 클 거예요. 너무 불안해하지 마세요. 애들은 잘할 거고, 잘 살 테니 지지해주고 웃어주고 믿어주세요.

"성인이 되었는데도 부모님이 일상의
많은 부분에 관여하시는 게 힘듭니다."

오래전에 어느 강연에서 중년 남자분이 손을 들
고 질문했습니다. 딸과 친구가 되고 싶은데 어떻게 해
야 할지 모르겠다고요. 마침 옆에 딸이 같이 왔길래 그
딸에게 "아빠가 친구 같아요?" 물었더니 통금만 없으면
친구 같다고 해요. 나이가 스물한 살이라고 하더군요.
그래서 제가 일부러 좀 세게 말했습니다.

"법적 성인인데 왜 몇 시에 귀가하는지 다른 사
람이 판단하나요?"

물론 험한 세상에서 딸의 안전을 염려하는 아버

지의 마음을 이해합니다. 그러나 부모가 언제까지 보호해줄 수 있겠어요. 결국 부모는 자식이 스스로 판단하도록 해야 합니다. 엄밀히 말하면 부모에게는 성인이 된 자식의 판단을 대신해줄 권리가 없어요. 천상천하 유아독존, 자신의 인생은 스스로 끌고 가야 합니다. 성인이라면 더더욱 그렇죠. 부모님은 모를 수 있습니다. 지금까지도 내 자식이니 부모인 내가 있어야 한다고 착각하실 수도 있어요. 물론 부모의 존재는 필요하지만 어릴 때처럼 부모에게 보호받으며 살아서는 안 됩니다. 내 삶을 살아야 해요.

단적으로 귀가 시간만 놓고 보더라도 성인이 되면 자신이 들어오고 나가는 시간은 스스로 결정해야 합니다. 귀가 시간에만 해당하는 이야기는 아닙니다. 성인이 되었다면 어떤 선택을 하든 스스로 결정하고 책임질 수 있어야 합니다. 어렵겠지만 분명하게 얘기하고 설득해보세요. 성인이 되었으니 내 삶은 내가 살아가겠다고요. 신중하게 판단하고 결정에 책임지면서 살 테니 너무 걱정하지 마시라고요.

"좋은 결혼생활을 위해
필요한 건 무엇인가요?"

결혼은 사랑의 완성이 아니라 배우자를 '기필코' 사랑하겠다는 다짐입니다. 결혼식에서 반지를 끼는 건 이런 의미예요. 내가 너를 기필코 사랑하겠어. 너의 입 냄새에도 불구하고, 너의 게으름에도 불구하고, 너의 그 모든 단점에도 불구하고 널 사랑하고 말겠어,라는 거죠. 그러니까 결혼은 시작과 함께 노력해야 하는 겁니다.

『문장과 순간』에서 "승리의 시가 끝나고 노동의 산문이 시작되었다"라는 문장을 이야기했었습니다.

로맨스가 있는 연애가 '시'라면 생활로 들어서는 결혼은 '산문'일 겁니다. 연애 시절 상대에게 가졌던 환상과 기대는 결혼 생활에 들어서면 깨질 수밖에 없어요. 당연한 일입니다. 그러니 Happily ever after, 영원히 행복하게 살았대요,를 꿈꾸며 결혼하면 3개월 만에 이혼하게 될 수도 있습니다. 살면서 '해피'하지 않은 순간이 자주 올 테니까요. 서로 다른 사람이 만났는데 얼마나 많이 부딪히겠어요. 이 사람은 대체 왜 그렇지? 왜 바뀌지 않지? 이럴 줄은 몰랐는데? 행복할 줄 알았는데 행복하지 않네? 결국 노력이 전제되지 않으면 이해가 안 되는 거죠.

또한 결혼은 서로에게 더 좋은 사람이 되겠다는 약속이기도 해요. 제가 2023년 신년사 중 하나로 "힘든 일이 있을 때 아무것도 아닌 것처럼, 좋은 일이 있을 땐 평생 처음 보는 것처럼"이라는 문장을 썼어요. 결혼생활도 마찬가지입니다. 힘든 일이 생기면 다들 겪는 걸 우리도 겪는구나 하면 되고요. 와인 한 잔 마시면서 잔을 부딪칠 때 "와, 진짜 좋은 순간이다!" 감탄하면서, 마치 처음 와인을 마시듯 살면 됩니다.

"자기객관화가 중요하다고 합니다.
스스로에게 솔직해지는 방법이 있을까요?"

제일 먼저 "솔직해지겠다"라고 생각하는 거예요. 일단 그 선언이 필요합니다. 솔직해져야지, 가식적이지 말아야지, 척하지 말아야지, 생각하는 겁니다. 그게 시작이에요. 그렇게 선언하고 나면 솔직해지기 힘든 때에도 다시 생각하게 됩니다. '척'하려다가도 머뭇거리게 되고 '척'하다가도 돌아서면 불편해져요.

그리고 어떤 '척'을 하기 전에 내가 느끼는 진짜가 무엇인지를 먼저 생각하는 것이 스스로에게 솔직해지는 방법입니다. 멋있는 척해서 다른 사람은 속일 수 있지만 자기 자신은 못 속이잖아요. 그런데 이걸 계속하면 자기 '안'이 무너집니다. SNS 시대의 문제를 생각하면 되겠네요. 행복해 보이는 것에 집중하니까 행복해 보이는 데는 성공했는데 막상 진짜 나는 보이는 것만큼 행복하지 않아요. 그 차이에서 무너지죠.

부분만 확대한 사진이라도 사람들이 보고 환호하고 인정해주면 처음엔 신나요. 두세 번은 좋습니다. 그런데 그게 쌓이면 나중에는 허무해져요. 진짜가 아니니까요. 어느 외국인 인플루언서가 올린 사진들이 화제였는데요. 늘 잘 정돈되고 예쁜 부분에 집중된 사진을 올렸었는데 전체 배경을 같이 올리기 시작했어요. 이를테면 예쁜 꽃이 꽂힌 화병과 우아한 커피 잔을 주목한 사진이 아니라 화병과 커피 잔 주변으로 엉망진창 어질러진 테이블까지 모두 찍힌 사진을 올린 거죠. 보이는 게 다가 아니라는 이야기입니다. 물론 각자의 선택입니다. 그게 좋으면 그렇게 하면 돼요. 하지만 많은 경우 계속해서 자기 자신을 속일 수 없기 때문에 힘들어집니다.

이 이야기는 저희 회사 주니어보드 발표에 자주 나오는 주제이기도 합니다. SNS에 멋진 것만 보여주다가 그렇지 않은 모습을 보여줬는데 거기에 사람들이 엄청 반응하는 걸 보면서 보여주는 게 다가 아니라는 걸 느꼈다는 이야기가 많아요. 그런 거예요. 아마 어쩌면 다들 알고 있을지도 모릅니다. 물론 자기 자신이 제일 잘 알고 있을 것이고요.

"싫은 순간, 싫은 관계를 똑바로 마주하기 위해
어떤 마음가짐을 가져야 할까요?"

기억해야 하는 건 한 줄입니다. 이 또한 지나가
리라. 사람과의 관계를 예로 들어볼게요. 회사 후배인
유병욱 작가가 쓴 『평소의 발견』에 저와의 에피소드
가 실렸습니다. 병욱 님이 정말 싫은 광고주를 만나서
몹시 괴로워할 때 제가 이런 말을 했대요. "저 사람과
의 관계는 2년 안에 끊어지니까 걱정하지 마." 그는 저
렇게 무례한 사람이 어떻게 저렇게 잘나가는지, 우리
는 왜 저 사람의 요구를 들어줘야 하는지 마음이 무
척 불편한 상태였는데, 그 인연이 오래가지 않을 거라

는 선배의 말에 마음이 풀렸다는 이야기였습니다.

그런데 진짜 그렇습니다. 나와 맞지 않고 내가 싫은 사람과의 관계는 언젠가 끊어져요. 밀어내는 파장이 영향을 주거든요. 저도 웬만하면 만나지 않으려고 할 거고, 사무적이 될 것이고, 그렇다면 상대도 그 뉘앙스를 눈치채고 나를 안 좋아하게 되겠죠. 그렇게 정리가 됩니다. 힘들고 싫은 순간도 마찬가지라고 생각해요. 지나갑니다. 좋은 것과 마찬가지로 싫은 것도 영원한 건 없습니다.

> "마흔 그리고 쉰, 중년이라는 강을 건너기가
> 쉽지 않습니다. 20, 30대 때 치열하게 살았으니
> 지금은 좀 편해져도 되지 않나 싶은데
> 현실은 다르고 불안을 지울 수가 없습니다.
> 더는 흔들리지 않을 줄 알았는데 오히려 더
> 흔들리고 방황하고 있는 것 같아요."

각자의 어려움과 두려움이 있죠. 세대별로도 그렇지만 같은 중년이라도 저마다의 사정이 다르고요. 간혹 기업체에서 신입 임원 교육을 부탁하는 경우가 있습니다. 강연 대신 카페를 빌려 맥주 한잔하면서 허심탄회하게 질의응답을 주고받기도 하는데요. 들어보면 그들도 불안하다고 해요. 임원이 된 건 좋은 일이지만 이제 잘해야 한다는 임무가 남았으니까요. 그리고 그 자리가 계속 확보된 건 아니죠. 임원은 일용직이라는 말 들어보셨을 겁니다. 노조도 없고 1년의 계

약이 끝나면 계약 종료 통보를 받을 수도 있습니다. 임원이 됐다고 앞날이 확고한 것은 아니니 불안하고 흔들릴 수밖에요. 중년의 불안이라는 건 형태만 다를 뿐 누구에게나 다 옵니다. 각자의 자리에서 고단하죠.

그때 몇 가지 이야기를 했습니다. 우선 끊임없이 성찰해야 한다고요. 사실 이건 임원만이 아니라 모두 해야 하는 기본입니다. 또 하나, 임원이라는 자리에 걸맞은 사람이 되려면 윗사람의 말을 잘 듣는 데 애쓸 게 아니라 자기 존재감을 확보해야 한다고 이야기했습니다. 우리나라만 그런 것인지는 모르겠지만 제가 느끼기에 기업의 임원은 많은 경우 애써서 부품이 되려고 하는 것 같아요. 최고 경영자의 말씀을 따르고 회사의 요구를 실행하려고 최선을 다하면서 자기를 지우죠. 누구보다 열심히 일하겠지만 그러면 그럴수록 대체품이 될 뿐입니다. 시키는 일을 대신할 사람은 많으니까요. 교체되지 않으려면 자기만의 확실한 존재감을 갖는 데 힘써야 합니다. 아직 조직에 계신 분들이라면 고민해봐야 할 문제입니다.

중년은 20, 30대보다 더 치열하게 자기의 경쟁력을 고민해야 하는 시기입니다. 더 성장하고 더 성찰

해야 하는 시기이기도 하죠. 인격적인 성장과 성찰뿐만 아니라 자기 일과 능력에 대한 객관적인 시선도 있어야 합니다. 내 생각이 옳다고 고집을 세우지 말고 다른 사람들의 의견을 들으면서 자기 자신을 돌아봐야 해요. 바깥의 시선을 존중하면서 자기의 것을 발전시켜나가야 하는 겁니다. 불안을 추동의 힘으로 삼아 더 좋은 나를 만들려고 노력해야 해요.

한편으로 중년은 노력했지만 닿지 않았던 것들을 놓을 준비도 해야 하는 시기입니다. 그동안 안팎으로 열심히 해왔는데 여전히 닿지 않는다면 과감히 놓고 다른 기회를 찾을 수 있는지 살피기도 해야 하고요.

젊은 날에 치열하게 살아서 이제 좀 편안해지나 했는데 40, 50대가 되어서도 불안해야 하는 건가 싶을 겁니다. 하지만 젊은 날에는 젊은 날의 불안이 있지 않았나요? 불안은 인생에서 시기마다 다른 옷을 입고 찾아오는 것이죠. 죽고 나서야 불안과 헤어질 수 있지 않을까요. 또한 살면서 답하지 않아도 되는 때는 없습니다. 인생은 매 순간 질문 속에 던져지고, 그 질문에 온몸으로 답해야 합니다.

어떤 가치를 생산하느냐, 생산할 수 있는가에

대한 고민도 죽을 때까지 계속하게 될 거예요. 해왔던 일이 생각만큼의 성과를 내지 못하고 있는데 나이라는 벽에 부딪혀 새로운 일에 도전하기 어렵다면, 일과 관심사를 연결해서 새로운 걸 만들어보는 것도 좋을 겁니다. 일하면서 넓혀놓았던 네트워킹을 활용해 서로의 능력을 섞어 새 일을 도모할 수도 있겠죠. 저 역시 이제는 은퇴가 자연스러운 나이라서 여러 가지를 생각하고 있습니다.

내자응지 거자망지來者應之 去者忘之라 했습니다. 오는 자는 응해주고 가는 자는 잊어준다는 말입니다. 오고 가는 것이 사람만을 의미하는 것은 아니라고 봅니다. 내가 떠나보내야 하는 일들은 보내주고 나를 찾아오는 일들은 또 반갑게 응해주면 됩니다. 저는 이제 제가 놓아야 할 것들을 잘 놓아주려고 하고 앞으로 나에게 어떤 재미있는 일이 찾아올까, 찾아오게 할 수 있을까 고민해보고 있습니다.

인생은 새로 고침의 반복입니다. 30대에도 40대에도 60, 70대에도 다시 새로 고침을 하고 거기에서 다시 시작해야 합니다. 새로 고침을 자연스럽게 받아들이세요.

'아모르 파티Amor fati'라는 말, 당신의 운명을 사랑하라는 이 말은 굉장히 강렬한 의지를 가진 말입니다. 어떤 상황에서도 새로 고침을 하겠다는 의지입니다. 내가 은퇴를 했어요. 나이 70이 됐어요. 사고로 몸이 불편해졌어요. 계획한 대로 일이 풀리지 않았어요. 그렇다고 인생이 끝난 건가요? 아뇨. 아모르 파티, 그럼에도 불구하고 인생을 사랑하겠다는 선언입니다. 거기에서 다시 새로 고침이에요.

만약 중년이니 새로운 목표를 가져야겠다고 생각하신다면 '좋은 어른'이 되는 걸 목표로 권합니다. 이걸 목표로 삼고 어떤 어른이 좋은 어른인지 고민하면서 '새로 고침'해 나아가면 경쟁력이 생기기 시작할 거예요. 본이 되는 어른이 되기 위해 내 능력을 키우려 애쓸 거고, 후배들의 말에 귀 기울이고, 새로운 환경을 만들려고 하고 사람들을 더 많이 포용하게 될 겁니다. 그러다 보면 기회가 옵니다. 많이 불안하고 흔들리는 중이시라면 지금부터 기필코 좋은 어른이 되겠다는 목표를 세워보시면 어떨까 싶습니다.

**"세상을 먼저 산 선배 입장에서
나이가 들어서 좋은 점이 있나요?"**

나이가 들어서 좋은 점이 따로 있는 게 아닙니다. 나이가 들어서 좋은 점은 반드시 찾아야 해요. 이게 시작입니다. 우리는 나이 먹는 걸 피할 수 없어요. 이 길이 우리에게 주어진 유일한 길이에요. 다른 경로가 없습니다. 유턴할 수도 없죠. 이 길을 가는데 나이 들면서 좋은 점을 찾지 않으면 인생은 불행해지기 쉽습니다.

찾다 보면 찾아집니다. 설렘은 없지만 흔들림이 적은 것도 좋은 점이고요. 젊은 시절보다 안정감이 있습니다. 관계 맺는 데 기준이 더 확실해졌고 주변 인프라도 좋아졌죠. 삶의 지혜가 좀 더 생긴 것도 무척 좋은 일입니다.

저는 나이 들면서 운동을 좀 더 열심히 합니다. 매주 세 번 수영을 하고, 주말에는 근력 운동을 좀 더 하기 위해 헬스장에 가요. 몸을 쓰면 건강해지고 몸이 건강하면 행복을 발견할 수 있는 기회가 늘어납니다. 노화는 어쩔 수 없이 오지만 운동하면 좀 늦출 수 있을 겁니다. 무엇보다 삶의 질을 유지할 수 있습니다. 그래도 병은 오겠지만 병에 걸릴 확률은 훨씬 낮아지지 않을까요?

그리고 일상에서 충만한 순간을 수시로 발견하고 있습니다. 얼마 전 전시를 보러 국립현대미술관에 다녀왔는데, 임옥상 작가의 전시 〈잃어버린 땅〉이 무척 좋더라고요. 전시를 보고 나와서 경복궁 근처를 걸을 때 낯선 새소리가 들렸어요. 얼핏 봤더니 쇠박새였습니다. 우리 집 앞으로도 자주 날아오는 새라서 소리를 모르지 않는데 그날 그곳에서 마주친 쇠박새는 새로운 소리를 들려주더라고요. 기분이 무척 좋았습니다.

그날의 메모는 이렇습니다. "사무실에 출근하지 않다. 이중섭의 〈투계〉를 만나다. 임옥상의 〈산수〉에서 멈추다. 쇠박새의 새로운 소리를 듣다. 나에게 머물다. 그렇게 좋은 하루이어라." 사실 젊을 때는 이런 걸 발견하기 어려웠습니다. 그런데 지금은 돼요. 정말 좋은 일이죠. 아무것도 아니고 늘 있는 것들이 얼마나 고마운지 나이가 들면서 알게 됩니다.

어느 날엔 이런 문장도 썼습니다. "평범한 날은 축복이다. 평범한 날이 축복이다. 오늘을 반갑게 즐겁게" 처음에는 평범한 날'은'이라고 했다가 조사를 '이'로 바꿨어요. 그 하루를 강조하는 보조사 '은'이 아니라 주격조사 '이'가 맞겠더라고요. 매일의 평범한 날이 축복인 거예요. 축복은 따로 존재하지 않습니다.

니코스 카잔차키스가 말했듯이 신은 천둥 번개로 오지 않습니다. 바람으로 옵니다. 삶의 축복도 마찬가지죠. 여러분도 나이가 들어서 좋은 점을 꼭 찾아내세요. 그것은 아마도 바람으로 공기로 지금 여러분 곁에 있을 겁니다.

책과 삶에 관한 짧은 문답

: 박웅현과 함께한 7번의 북토크

ⓒ 박웅현 × 인티N, 2023

1판 1쇄 발행 2023년 03월 23일
1판 2쇄 발행 2023년 06월 01일

지은이 박웅현 × 인티N 펴낸이 김수진 만든이 김수진 이재영
펴낸곳 ㈜인티앤 출판등록 2022년 4월 14일 제2022-000051호
주소 경기도 파주시 아동로 7 풀잎문화센터 4층 가24호
전자우편 editor@intiand.com
디자인 이영케이 김리영 제작 세걸음 인쇄·제본 상지사

ISBN 979-11-979770-3-9 (03800)

- 이 책은 저작권법에 따라 보호를 받는 저작물이므로
  무단 전재와 무단 복제를 금합니다.
- 이 책의 전부 또는 일부를 이용하려면 반드시
  저자와 출판사의 동의를 받아야 합니다.